设 计

感 觉

有限预算条件下的
平面设计

A.R 米勒　J.M 布朗 编著

宋君龙 译

中国轻工业出版社

design

Sense

图书在版编目(CIP)数据

设计感觉／（美）米勒(Miller,A.R)，（美）布朗
(Brown, J.M) 编著；宋君龙译．一北京：中国轻工
业出版社，2001.3
ISBN 7-5019-3091-0

Ⅰ．设… Ⅱ．①米… ②布… ③宋…
Ⅲ．平面一造型设计 Ⅳ．J506

中国版本图书馆 CIP 数据核字(2001)第 06478 号

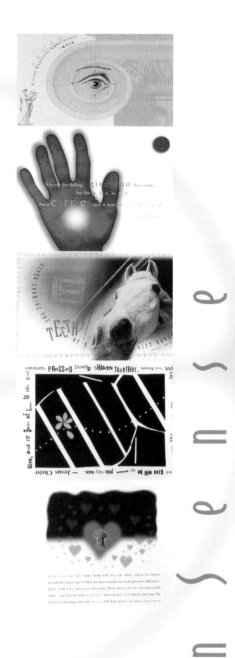

Original Title: Design Sense
Copyright © 1998 By Rockport Publishers, Inc.

责任编辑：杨玮娣　　　责任终审：孟寿萱　　　责任监印：崔　科
美术编辑：牟　霞　　　责任校对：方　敏

出版发行：中国轻工业出版社（北京东长安街6号，邮编：100740）
网　　址：http//www.chlip.com.cn
联系电话：010-65241695
印　　刷　深圳利丰雅高印刷有限公司
经　　销　各地新华书店
版　　次：2001年3月第1版　　2001年3月第1次印刷
开　　本：940×1270　1/16　印张：10
字　　数：200千字
书　　号：ISBN 7-5019-3091-0/TB・014
定　　价：98.00元
著作权合同登记 图字：01-2000-3292

・如发现图书残缺请直接与我社发行部联系调换・

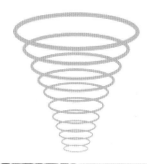

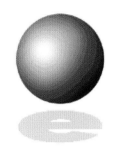

contents 目 录

前 言

    在每一项设计工作中,有三个要素必须要协调好,即时间、质量与金钱。如果只强调其中一个要素,则势必影响另外两个要素。如果加快工作进度,则你的成本会升高,质量会下降。如果占用了特别多的时间,虽然质量会提高,但它的成本也同时上升。如果你能够在保证质量和时间不受影响的情况下就能降低预算,那你必将受到客户的青睐。

    每一个专业的平面设计者都曾面对这样一些热情的客户,他们的希望和梦想非项目预算所能达到。不仅如此,每一位客户还应该清楚,"低预算"并不意味着一份广告小册子,一张招贴画,因为项目的经济性必须是设计者愿意接受的,而且甚至要达到能够激励他们去做的目的。在设计和生产阶段,只有将设计者的直觉、机敏和创造力与客户的坦诚和客观公正相结合,才能在不牺牲宝贵的时间、质量和金钱的情况下获得令人惊奇的效果。

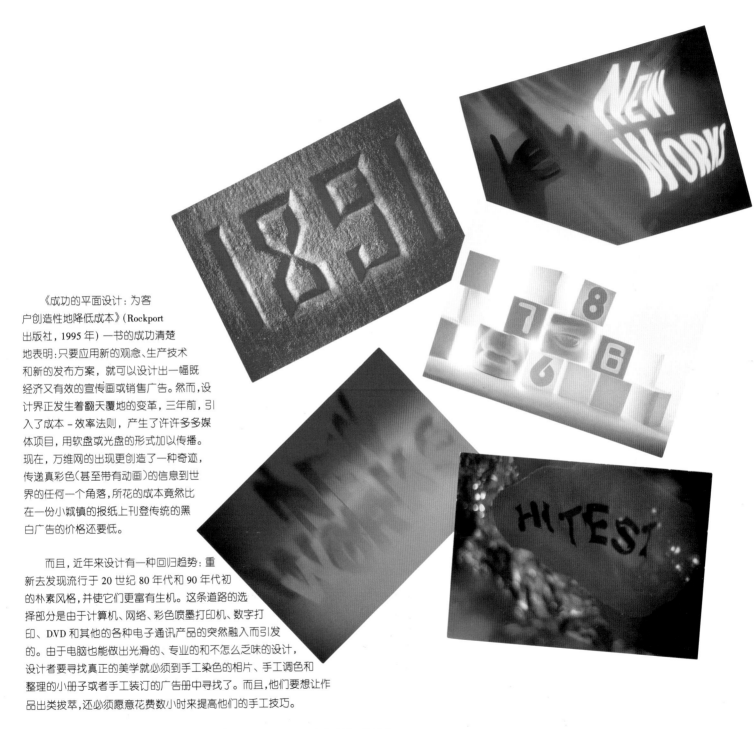

《成功的平面设计：为客户创造性地降低成本》(Rockport 出版社，1995 年) 一书的成功清楚地表明：只要应用新的观念、生产技术和新的发布方案，就可以设计出一幅既经济又有效的宣传画或销售广告。然而，设计界正发生着翻天覆地的变革，三年前，引入了成本 – 效率法则，产生了许许多多媒体项目，用软盘或光盘的形式加以传播。现在，万维网的出现更创造了一种奇迹，传递真彩色（甚至带有动画）的信息到世界的任何一个角落，所花的成本竟然比在一份小城镇的报纸上刊登传统的黑白广告的价格还要低。

而且，近年来设计有一种回归趋势：重新去发现流行于 20 世纪 80 年代和 90 年代初的朴素风格，并使它们更富有生机。这条道路的选择部分是由于计算机、网络、彩色喷墨打印机、数字打印、DVD 和其他的各种电子通讯产品的突然融入而引发的。由于电脑也能做出光滑的、专业的和不怎么乏味的设计，设计者要寻找真正的美学就必须到手工染色的相片、手工调色和整理的小册子或者手工装订的广告册中寻找了。而且，他们要想让作品出类拔萃，还必须愿意花费数小时来提高他们的手工技巧。

当你阅览此书时，你将很快发现"金钱不能代表一切"这句格言的真谛。而且你还将清楚，能够获得在有限预算条件下的成功设计方案很多，是没有种类和条件限制的。

布 告 与 请 帖

特殊活动的请帖和布告是吸引观众的有力工具。然而，即使是低于 500 份的小型印刷材料和一见便给人以深刻印象的小型宣传品也常常使产品的成本上升。除了控制设计费外，许多设计者还到一些供应特殊纸品的商店搜寻常备的卡片和信封。他们与速印店签订合同把作品以 PMS 色印刷，或者与服务局签订合同把作品用数字印刷机印成四色。一些设计者甚至还配备了专用的图像处理装置，在屋里就可在黑白或彩色照相复制机和激光打印机上复制作品。

现在设计成标准尺寸 102mm × 152mm 的真彩色明信片有复苏之势。这是由于明信片在特殊的印刷机上印刷，而且常常与其他项目的工作结合在一起而成本低廉。DIY（do it yourself）也有复苏之势，它可以使图像制作室和客户都参与到整理和装订的整个工作中。

Frank Owens and Margaret Burke are pleased to announce that their daughter Audrey has a brand new baby brother

Francis Sylvester Owens IV
Two Twenty One pm
Seven Pounds Four Ounces
February Twenty Fifth
Nineteen Hundred Ninety Six
Mount Sinai New York City

寻求帮助

设计公司: *J. Graham Hanson* 设计公司
公司地址:*纽约州,纽约市*
客户:*美国快递公司*
客户地址:*纽约州,纽约市*
设计者: *J. Graham Hanson*
发行量:*3500 份,区域发行*

　　尽管设计者在该项目的设计过程中降低了设计费用,但真正降低成本的地方却在生产上。这块标志牌的创造性在于它的孔容易钻,圆角容易磨光,这就省了制造特殊的模具来复制生产相同产品的成本。

OWENS 与 BURKE 的生日布告

设计公司: *J. Graham Hanson* 设计公司
公司地址:*纽约州,纽约市*
客户: *Frank Owens* 和 *Margaret Burke*
客户地址:*纽约州,纽约市*
设计者: *J. Graham Hanson*
发行量:*100 份,区域发行*

　　在这个项目中,节省设计费用仅仅是一系列节约措施的开始。设计者在生产阶段继续降低成本。他们选用常规的纸板和采用文本设计的概念,完全由文字构成图形,不依赖于其他的任何图像元素就有很强的视觉效果。

春天小夜曲

设计公司:亚特兰大设计公司
客户地址:康涅狄格州,西哈特福德
客户:*Wadsworth Atheneum*
客户地址:康涅狄格州,哈特福德
设计者:*Stacy W. Murray*
发行量:*1000 份,区域发行*

　　在这个项目中,客户的预算只够两色印刷。设计者把原有的彩色照片进行半色调处理,并且选择一种有金属光泽的金色油墨作第二种颜色,来突出高雅的主题。这份请帖还附有回执卡,要求听众自己邮寄,因此进一步降低了公司邮寄的成本。

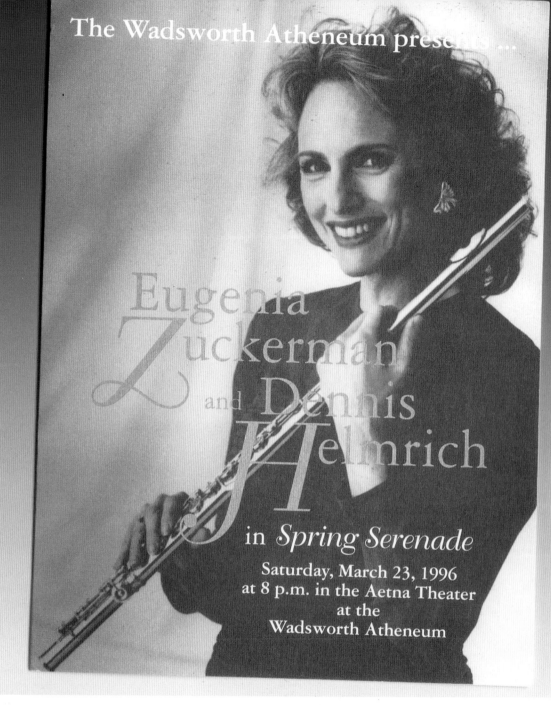

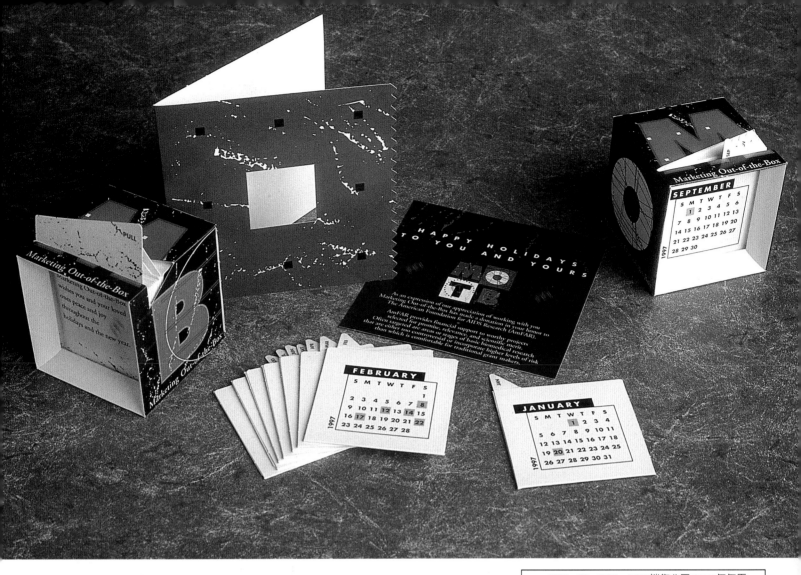

YANNICK

设计公司: *Mireille Smits* 设计公司
公司地址:印第安纳州,印第安纳波利斯
客户:Kodjo Francisco 与 Mireille Smits
客户地址:印第安纳州,印第安纳波利斯
设计者:Mireille Smits
插图者:*Mireille Smits*
发行量:*200 份,全球发行*

这份单色的生日布告是用照相复制机印制在一种常备的特殊纸板上。在每一张216mm × 279mm 的单张印刷纸上同时印刷两张卡片,以便进一步节约生产费用。

OUT – OF – THE – BOX 销售公司 1997 年年历

设计公司: *Jim Lange* 设计公司
公司地址:*伊利诺伊州,芝加哥*
客户: *Out – of – the – Box* 销售公司
客户地址:*伊利诺伊州,芝加哥*
艺术指导: *Allison Hafti*
设计者:*Jim Lange*
插图者:*Jim Lange*
发行量:*1000 份,当地发行*

为了更大地降低劳动成本,客户公司从老板到员工都亲自投入到这把 18 张卡片组装成日历和假日布告的工作。

布告与请帖   **13**

圣诞卡

设计公司 : *Sagmeister 设计公司*
公司地址 : *纽约州, 纽约市*
客户 : *现代艺术博物馆*
客户地址 : *纽约州, 纽约市*
艺术指导 : *Stefan Sagmeister*
设计者 : *Susanne Poelleritzer*
插图者 : *Susanne Poelleritzer*
发行量 : *1 万份, 全国发行*

  其他的节日卡依赖于四色彩图,
镀金属箔和附加其他的一些复杂东
西, 而这张圣诞卡只用了一种颜色和
模压技术, 创造出了很不错的效果, 使
它成为一份很好的礼物。

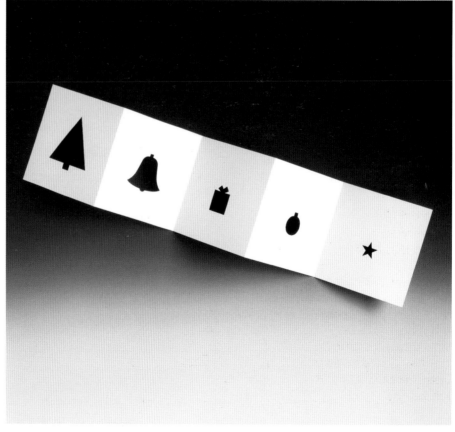

LAW OFFICES OF
CHARLES WILLIAMS

CHARLES WILLIAMS 律师事务所

设计公司: *亚特兰大设计事务所*
公司地址: *康涅狄格州, 哈特福德*
客户: *Charles Williams 等*
客户地址: *康涅狄格州, 哈特福德*
艺术指导: *Stacy W. Murray*
设计者: *Stacy W. Murray*
摄影者: *Timothy Belker*
发行量: *2000 份, 全国发行*

　　该客户需要一个比传统的镂空式卡更优雅的专业布告, 但四色的印刷却成了问题。于是设计室雇用了一名摄影师对已完成的图像进行半色调处理。正方形的封面决定了作品最终的形状和大小。封面采用 300 克/米² 的高级亚麻封面纸, 印刷时选用两种 PMS 色彩与网屏相结合的方法。

CANCUN

设计公司: Sayles 图像设计公司
公司地址: 艾奥瓦州, 得梅因
客户: Jim Beam Brands
客户地址: 伊利诺伊州, 得尔费尔德
艺术指导: John Sayles
设计者: John Sayles
插图者: John Sayles
发行量: 75 份, 全球发行

　　在合理价格下设计具有强烈冲击力的小型项目, 会给你提供一个理想的机会去应用手工组装的方案。客户提供了产品的标签和所需的样品, 卡片中的四色明信片在明信片印刷机上集成印刷。并且所用的穆斯林袋子也是在 Sayles 的地下室里手工染色和丝网印刷的。最后把所有完成的部件手工组装而成。

DELAWARE 大学艺术系的明信片

设计公司：*Delaware 大学艺术系*

公司地址：*Newark, DE*

客户：*Delaware 大学艺术系*

客户地址：*Newark, DE*

艺术指导：*Martha Carothers，Raymond Nichols*

设计者：*高年级学生*

摄影者：*高年级学生*

发行量：*500 份，地区发行*

　　最初设计小组遵循明信片印刷机只能印刷有限幅画的图像的原则。后来，为了降低成本，前景图像就不得不与背景的相片融合在一起，这样就使得 35mm 的边缘只有一种图像。明信片的背面只印了单色的文字，更增加了作品的经济性。

PRUDENTIAL CENTER
800 Boylston Street • Boston, MA 02199

PRUDENTIAL CENTER 圣诞卡

设计公司：Misha 设计创作室
公司地址：马萨诸塞州，波士顿
客户：Prudential Center
客户地址：马萨诸塞州，波士顿
艺术指导：Michael Lenn
设计者：Michael Lenn
插图者：Michael Lenn
发行量：1000 份，区域发行

客户想在节日祝福卡中出现该公司大楼的外观，最终的作品又不能采用传统的红绿调色法。因此，设计者推出了一种双色方案，在黑白色的楼影中，突出金色的邮戳，更赋予了作品的深度感和质感。

hello emily and scott. this is glenn calling.
i'm leaving this message to update you on the
correct information for the erik, i mean GREGORY
birth announcement. the time of birth is

8:44am

...not 9:00 am. the rest of the information
is correct. the date is september 12, 1992.
the weight is 7lbs 1.9 ounces,
the length 19 ½ inches and the name—
GREGORY JOSEPH SANTORO.
i hope this adds to your artistic
endeavor, and thanks from
marianne, erik, GREGORY and me.
talk to you later.

m, e, G+g, 36 noel lane forestville connecticut 06010

design: emily + scott santoro

8:44 AM

设计公司: *Worksight*
公司地址: *纽约州, 纽约市*
客户: *Glenn Santoro 的家庭*
客户地址: *康涅狄格州, 布里斯托尔*
设计者: *Scott Santoro*
摄影者: *Scott Santoro*
发行量: *200 份, 当地发行*

这幅布告的创作灵感来自于家中电话答复机上留下的一条信息, 该信息全部体现于作品中。这幅布告采用一种 PMS 色彩印刷法, 并且只印一面, 印时每两幅集成在一起印刷在一张 216mm × 279mm 的纸上。

如果没有效率, 就无所谓经济 (There can be no economy, Where there is no efficiency)。
——Beaconsfield

GILLIAN 与 TODD 的婚礼

设计公司: *Cappelletto* 设计集团
公司地址:*加拿大,温哥华*
客户: *Gillian and Todd Heintz*
客户地址:*加拿大,温哥华*
艺术指导: *Ivana Cappelletto*
设计者: *Antonia Banyard, Ivana Cappelletto*
发行量:*178 份,当地发行*

　　尽管该作品的设计和生产费用有限,该作品仍采用数字技术印刷。设计者的好友在纽约港的游艇上飘荡时突然决定结婚。侍者向设计者提供了锡箔包裹的订婚戒指和拟定的结婚日期。这对夫妻想让他们的朋友在正式而隐蔽的结婚典礼和蜜月旅行之后来参加一个大型的非正式的野外烧烤晚会。他们的故事体现在剪贴画和照片中,并附上晚会的地点及去向图。最终的请帖用土色的信封寄出。

ur lives together began in

November 199

as unsuspecting guests at a mutu

dinner party. Little did we know....

After three years of charting time together,

I led Gillian to *New Yo*

- it would be a difficult sell -

a barge in Brooklyn and a tinfoil ring....

Caught off guard,

nced shock (a tin foil ring?)

helming sense of happiness.

g my breath, I enthusiastically

accepted Todd's proposal. On

with no m

by the

of our fam

into

Gillian Ruth
HURTIG

d Gregory
I N T Z

Destined to experience the joys of being

husband and wife, lovers and companions, we will set off

for the wonders of Europe. The bistros and wine bars

of the City of Light, *Paris,* will be our first stop.

From there we will engage Dionysus,

the Greek God of *Wine,*

and Aphrodite, the Goddess of *Love,*

as we frolic in the *Mediterranean.*

After three weeks of travel we will return to share our

excitement and experiences with friends and family. We

invite you to join us for a casual evening of celebration on

August 16, 1997 at 6:00pm

at the home of Les and Hazel Cosman.

Dinner and drinks will be served.

Please RSVP by phone to Todd and Gillian by

May 31, 1997, 604-737-4838.

I's

9,

nd, but guided

e and support

will embark on a new journey

Marriage

small, intimate family wedding.

设计公司: *Barry Hutzel*
公司地址: *密歇根州,霍兰*
客户: *Barry Hutzel*
客户地址: *密歇根州,霍兰*
设计者: *Barry Hutzel*
摄影者: *Barry Hutzel , Sharon Hutzel*
发行量: *75 份,全国发行*

1996 年 Hutzel 的圣诞卡是手工制作的,这对夫妻把创作的作品用激光打印机打印,选用别人捐赠的棕褐色纸板。该作品的正反封面均选用以前用剩的黑色瓦楞纸。正面封面上的圣诞树是手工雕刻而成,最后装订成型是在借来的装置上完成的。

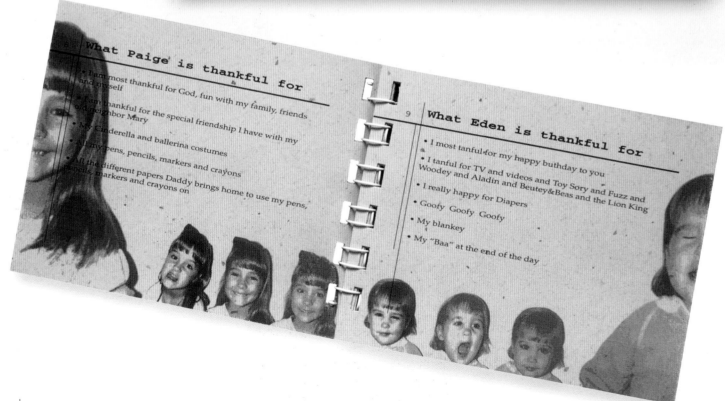

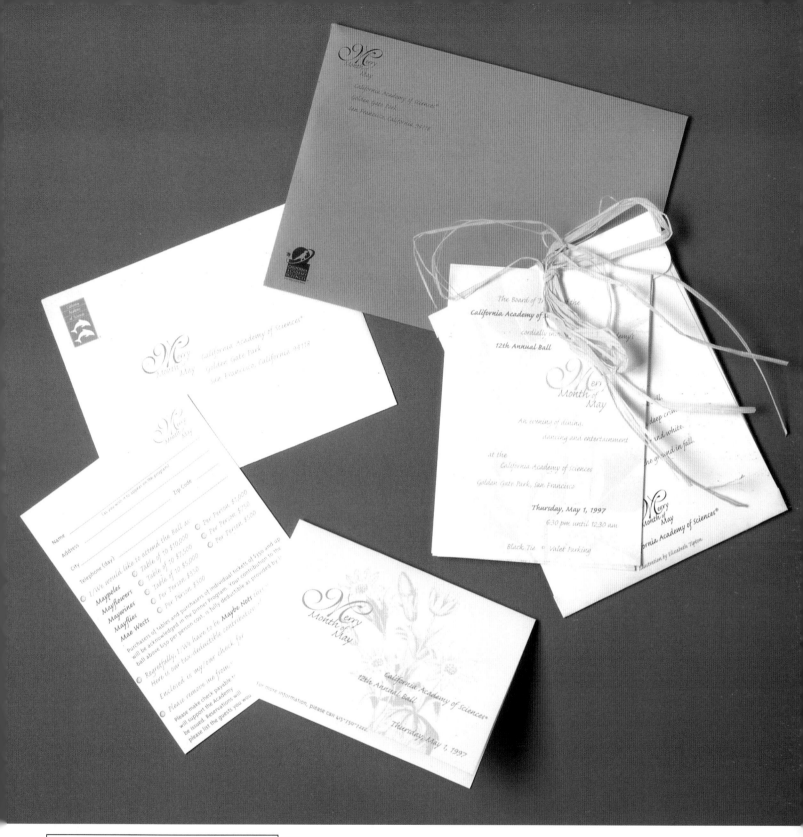

庆祝五·一请帖

设计公司：*Kiku Obata* 公司
公司地址：蒙大拿州，圣路易斯
客户：加利福尼亚科学学会
客户地址：加利福尼亚州，圣弗朗西斯科
设计者：*Amy Knopf*
插图者：*Elizabeth Tipton*
发行量：3000 份，当地发行

该请帖是送给每一位应邀参加每年一度的黑领结慈善舞会的人。请帖共由四张卡片组成，用两种 PMS 颜色印刷，并且还附有一小束天然的纤维绳。其中的背景图取自一本剪贴画书。两张回复卡也用同样 PMS 色印刷，因此所有的材料都可以集成印刷在同一张纸上以降低成本。回复信封和整个包装与单色印刷的彩色蜡笔画纸上的信件协调一致。

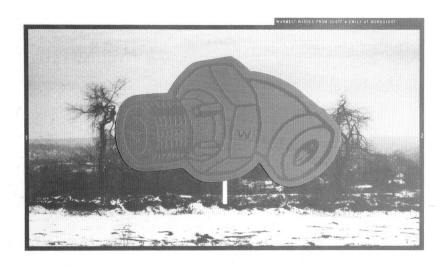

热望磁卡

设计公司 : *Worksight*
公司地址 : *纽约州, 纽约市*
客户 : *Worksight*
客户地址 : *纽约州, 纽约市*
设计者 : *Scott Santoro*
摄影者 : *Scott Santoro*
发行量 : *250 份, 全国发行*

　　单色卡上的照片由设计者亲自拍摄, 并把它印刷在光泽的涂布纸上, 非常经济。每张卡上粘贴一张金属片和一张卡纸。单色的金属芯片被嵌入每张卡的上部。该卡被用在设计室的节日宣传品上。

大众时装

设计公司 : *Kiku Obata 公司*
公司地址 : *蒙大拿州, 圣路易斯*
客户 : *Easter Seals Society*
客户地址 : *蒙大拿州, 圣路易斯*
设计者 : *Amy Knopf*
插图者 : *Amy Knopf*
发行量 : *2000 份, 区域发行*

　　这份 12 页的活动式订货广告采用两种 PMS 色印刷在当地生产商提供的彩色蜡笔画纸上。活动页是在装订好后在图像设计室里人工剪开的。小型化的设计（108mm × 140mm）与标准的邀请信封很相宜, 并附有一张回复卡和一个更小的转信信封, 这种小型化设计有利于进一步降低整个项目的成本。

Non-Profit Org.
U.S. Postage
PAID
St. Louis, MO
Permit No. 1600

St. Louis Easter Seal Society
5025 Northrup Avenue
St. Louis, Missouri 63110

Mrs. Wendy Dyer
22 Chesterton Lane
Chesterfield, Missouri 63017

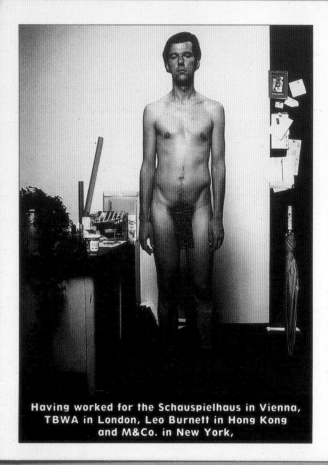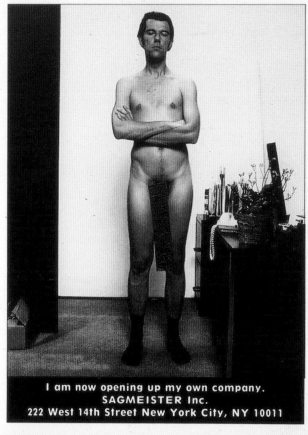

Having worked for the Schauspielhaus in Vienna, TBWA in London, Leo Burnett in Hong Kong and M&Co. in New York,

I am now opening up my own company. SAGMEISTER Inc. 222 West 14th Street New York City, NY 10011

开业布告

设计公司: *Sagmeister 设计公司*
公司地址: *纽约州,纽约市*
客户: *Sagmeister 设计公司*
客户地址: *纽约州,纽约市*
艺术指导: *Stefan Sagmeister*
设计者: *Stefan Sagmeister*
插图者: *Eric Zim*
摄影者: *Tom Schierlitz*
发行量: *1000 份,全球发行*

这份布告利用了标准明信片省钱的三个因素。用明信片打印机生产这些小批量标准化 (100mm × 152mm) 的卡只需 350 美元。雅致的黑色线带 (positioned black tapes) 是在设计室中手工完成的。而且,邮寄明信片比用高档信封邮寄每封要节省 12 美分。

习俗是人类进步的永恒障碍 (The perpetual obstacle to human advancement is custom)。

——John Stuart Mill

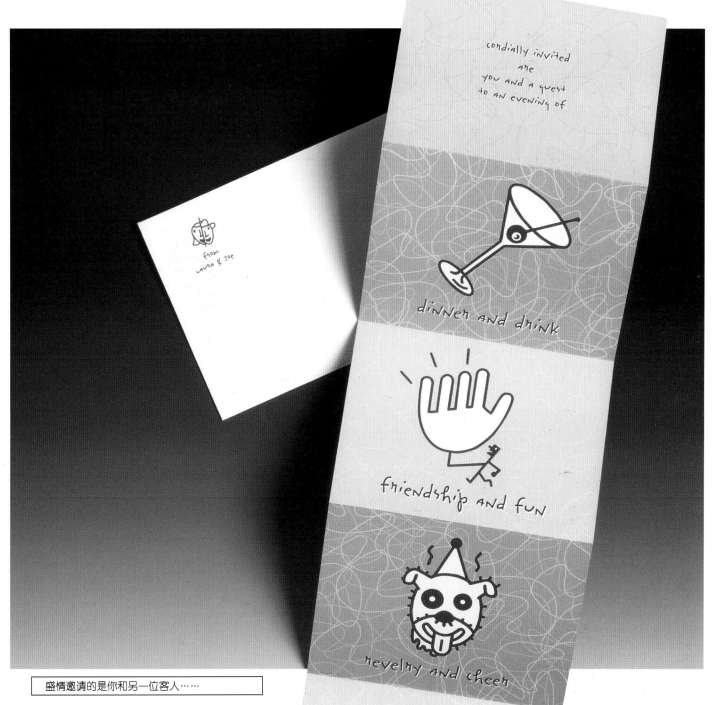

cordially invited
are
you and a guest
to an evening of

dinner and drink

friendship and fun

revelry and cheer

at
Laura and Joe's
on
may 17
at
7:00pm

r.s.v.p. 617-374-9600 extension 337

from
Laura & Joe

盛情邀请的是你和另一位客人……

设计公司: *Stewart Monderer* 设计公司
公司地址: *马萨诸塞州, 波士顿*
客户: *Pegasystems* 公司
客户地址: *马萨诸塞州, 波士顿*
艺术指导: *Stewart Monderer*
设计者: *Jeffrey Gobin*
发行量: *500 份, 当地发行*

　　这份由五块方格组成的请帖成功地利用
了分屏染色的效果，专为该小型印刷项目选
择的两种 PMS 色的色彩很生动。旋转的线条
在请帖背面也被重复使用，只是颜色变为蓝
色。

诚挚的祝福卡

设计公司：*Worksight*

公司地址：*纽约州, 纽约市*

客户：*Worksight*

客户地址：*纽约州, 纽约市*

设计者：*Scott Santoro*

摄影者：*Scott Santoro*

发行量：*250 份, 全国发行*

四张 152mm × 228mm 的宣传明信片中的任何一张都是在图像创作室中创作所得, 照片是由设计者拍摄的。该系列采用单面印刷, 其中有两张纯用黑色, 另两张除黑色外还用了两种 PMS 色彩。

小 窍 门

对于一些印刷量较小的设计项目来说, 选用当地文具店或美术用品店里提供的特殊纸张和信封, 能增加作品的色彩和质感。

NEW

Diagram showing the extent and direction of flow of ... through comm...

SCOTT W. SANTORO

Warmest Holiday Wishes from Scott & Emily at Works

2

广告小册子、产品目录与直接邮件

丰富的想像力、机智和创造力是解决广告小册子和产品目录设计问题的关键。许多设计室不仅依靠缩小幅面尺寸，而且求助于现成的图像，他们从剪贴画书籍，光盘中的图片库和他们自己的或客户的档案中搜寻所需的图片。先进的数字摄像机和扫描仪技术也使创作图像有了新的来源，它可使设计者在室内就能创作出物体的扫描图像并用于排版。

在 Indigo，Fiery 和激光印刷机上的低成本印刷，再加上双和三 PMS 色印刷，以及网屏变化的熟练应用与增强的打字、排版和图像解决方案的结合，因此不再需要

严格的套印和特别精密的印刷就能产生精美的图像。

如果最终产品趋向于用直接邮件邮寄，将遇到更多的挑战，不断上升的邮资和寄给大量客户所耗用的预算将是主要问题。但手工装订（由创作室员工或客户执行）、简单的色彩、富有创造力的纸张选择将很快成为这一类设计的备选解决方案。

在一张简单的印刷纸上印刷多份直接邮件宣传广告，然后剪开，比印刷在多张纸上能更大地降低生产成本。因为印刷厂是根据印刷数量、安装和清洗设备的费

用来收费的，毫无疑问，生产 1 万份需裁两次的项目费用，比生产 1 万份在三张独立的小纸张上印刷的费用要便宜得多。

终点网站年历

设计公司：*J. Graham Hanson 设计公司*
公司地址：*纽约州, 纽约市*
客户：*美国快递公司*
客户地址：*纽约州, 纽约市*
设计者：*J. Graham Hanson*
发行量：*500 份, 全国发行*

　　低成本的数字印刷, 小的幅面和现成的图像是降低该项目预算的关键。一张用过的护照被扫描作为里页的图形。尽管这个特殊的年度报告以前总是采用大幅面, 但是这次设计者还是劝客户试一下护照的形式。最后, 四色印刷的成品看起来就像真的护照一样, 这要归功于数字印刷的本质特性。

公众图书馆协会会员优惠广告册

设计公司：*Jim Lange 设计公司*
公司地址：*伊利诺伊州, 芝加哥*
客户：*公众图书馆协会（PLA）*
客户地址：*伊利诺伊州, 芝加哥*
艺术指导：*Kathleen Hughes*
设计者：*Jim Lange*
发行量：*1 万份, 全国发行*

　　甚至在缺乏色彩和润色的情况下, 图像也能传达强烈的信息。这幅单色的个人绘画作品的深度和效率在设计者的创作下提高了, 他选用艳丽的 PMS 色和富有质感的非涂布纸作为其完美的载体。

1997 年 8 月 BYERLY 食品袋

设计公司:设计中心
公司地址:明尼苏达州, Minnetonka
客户: Gyerly 食品店
客户地址:明尼苏达州, Edina
艺术指导: John Reger
设计者: Bill Flipson
发行量:7 万份,当地发行

这个每月一换的食品袋宣传品有三方面的预算限制。每个月的设计时间限制在 8 小时以内,材料选用便宜的文化用纸,并且色彩限制在至多使用三种 PMS 色。设计者的解决方案满足了每一条限制。封面上强烈的、未经处理的图像和醒目的文字消除了复制带来的大量成本消耗。精心的排版造型,使在指定地方的文字可每月更新,降低了生产中的劳动时间。并且设计者利用三种已选的 PMS 色配以网屏的变化,增强了每一幅画的色彩调配。

不恰当的便宜是不可取的,因为对于人们不需要的东西,即使是一文钱也是昂贵的 (Nothing is cheap which is superfluous, for what one does not need, is dear at a penny)。

——Plutarch

LABORATOIRES GARNIER PARIS 的广告册

设计公司：*Giorgio Rocco* 媒体设计公司

公司地址：*意大利，米兰*

客户：*Garnier Paris* 图书馆

客户地址：*意大利*

艺术指导：*Giorgio Rocco*

设计者：*Giorgio Rocco*

发行量：*300 份，全国发行*

　　大量不同的个性化材料，包括请帖、菜单、笔记本和这份广告小册子，在一张印刷纸上创造出来，它大大降低了生产成本。该广告册的最后成品是在创作室中手工整理和装订完成的。

小 窍 门

　　如果你的项目需要一个定制的模具，最好去问问印刷商是否有用过的并适合你用的模具。或者如果你仅仅需要一个孔和圆角，最好使用钻孔和磨削的方法来解决，而不必去定制一个模具。

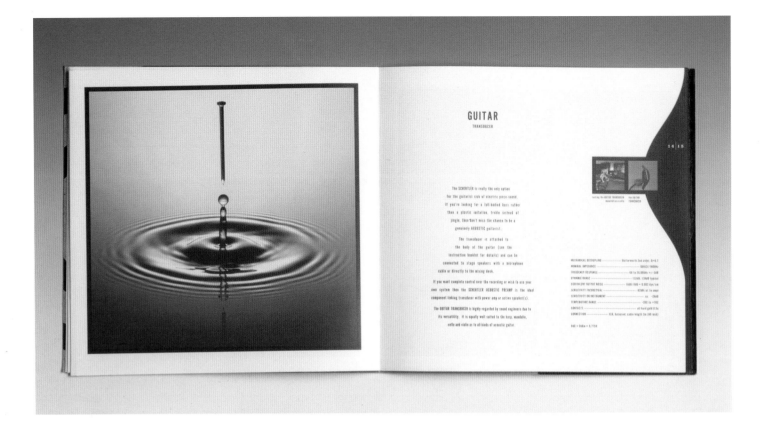

SCHERTLER 音频转换器广告

设计公司: *Sagmeister 公司*
公司地址: *纽约州, 纽约市*
客户: *Schertler 音频转换器厂*
客户地址: *瑞士 , Ligornetto*
艺术指导: *Stefan Sagmeister*
设计者: *Stefan Sagmeister, Eric Zim*
插图者: *Eric Zim*
摄影者: *Tom Schierlitz*
发行量: *5000 份, 全球发行*

　　这份广告依靠照片的选择、组合和精美的印刷效果所产生的力量来传递它的信息。黑白照片印刷在一张涂布文化纸上。它的封面用的却是极其便宜的硬纸板上的双色丝网印刷。

SYNERGY BROCHURE 广告册

设计公司：*Vaughn / Wedeen Creative*

公司地址：*Albuquerque, NM*

客户：*国家邮政博物馆*

客户地址：*Albuquerque, NM*

艺术指导：*Steve Wedeen*

设计者：*Steve Wedeen, Adabel Kaskiewicz*

发行量：*2000 份，全国发行*

　　广告册由六张单页经螺旋铰链连结而成，色调选明亮的 PMS 色彩，印刷时把三份广告集成印刷在两张印刷纸上。通过用不同的调色板印刷每一张单页，设计者就可以在广告册中扩展所有的印刷方案，而不用额外加入第四种或四种以上的色彩而导致生产成本的提高。

中学生专用邮包

设计公司：*Grafik Communications, Ltd.*

公司地址：*Alexandria, VA*

客户：*国家邮政博物馆*

客户地址：*哥伦比亚特区，华盛顿*

艺术指导：*Joe Barsin*

设计者：*Joe Barsin，Claire Wolfman, Judy Kripich.*

发行量：*1 万份，全国发行*

　　三种 PMS 色印刷所产生的强烈效果自然地延伸到用双 PMS 色印刷的内部，并用网屏染以淡淡的色彩。所有的照片均由博物馆的档案室提供。封面的插图由创作室创作。

广告小册子、产品目录与直接邮件　**35**

用明信片印刷机印刷真彩色的明信片实际上是很省钱的。而且标准明信片比其他种类的宣传品邮寄便宜。这对印刷量小，生产量有限和发行费受限制的宣传项目来说是一种理想的选择。但在不同的商店，其价格相差很大。

CROSS AMERICA 公司广告册

设计公司：*Sayles 图像设计室*
公司地址：*艾奥瓦州，得梅因*
客户：*Cross America*
客户地址：*艾奥瓦州，得梅因*
艺术指导：*John Sayles*
设计者：*John Sayles*
插图者：*John Sayles*
发行量：*500 份，全国发行*

这份财务服务广告册中的信息极富变化。但为了使客户不至于每次都重新设计并印刷，设计者们提出了一套低成本快速更新的设计方案。这份广告册用螺钉装订，因此可以根据需要把过时的页换成需要的页。双色印刷方案进一步降低了成本。

KOEHLER MCFADYEN 公司广告册

设计公司：*Hornall Anderson 设计公司*
公司地址：*华盛顿州，西雅图*
客户：*Koehler McFadyen & Company*
客户地址：*华盛顿州，西雅图*
艺术指导：*Jack Anderson*
设计者：*Jack Anderson, Jana Wilson*
摄影者：*Fred Houser*
发行量：*2500 份，地区发行*

这份容量很大的广告册中采用双色设计方案是利用了价格便宜的照片双色印刷技术。以非涂布灰绿色暗纹文化纸为主体，再加上简洁而独特的造型，既充分表达了意图又不浪费钱财。

多伦多自治银行 1996 年年度报告

设计公司：*Eskind Waddell*
公司地址：*加拿大，多伦多*
客户：*加拿大多伦多自治领银行*
客户地址：*加拿大，多伦多*
艺术指导：*Roslyn Eskind*
设计者：*Roslyn Eskind, Gary Mansbridge, Nicola Lyon*
发行量：*93000 份，全球发行*

　　完美的装订使三色印刷的报告首页在打开时非常醒目。里面的各页全用单色印刷，但由于运用了淡淡的背景，并选用富有质感的浅色纸而使作品增添了丰富的视觉效果。

广告小册子、产品目录与直接邮件

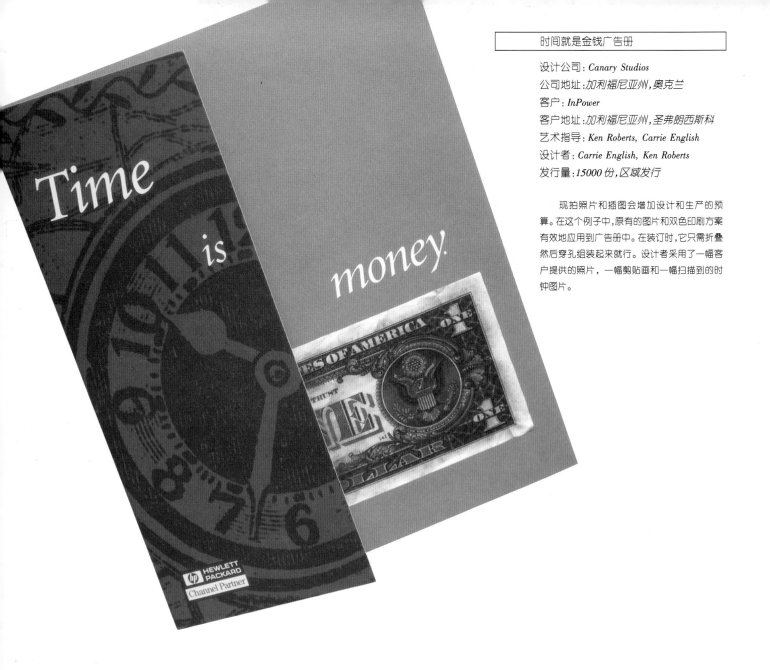

时间就是金钱广告册

设计公司：*Canary Studios*
公司地址：*加利福尼亚州，奥克兰*
客户：*InPower*
客户地址：*加利福尼亚州，圣弗朗西斯科*
艺术指导：*Ken Roberts, Carrie English*
设计者：*Carrie English, Ken Roberts*
发行量：*15000 份，区域发行*

现拍照片和插图会增加设计和生产的预算。在这个例子中，原有的图片和双色印刷方案有效地应用到广告册中。在装订时，它只需折叠然后穿孔组装起来就行。设计者采用了一幅客户提供的照片，一幅剪贴画和一幅扫描到的时钟图片。

墨盒

设计公司：*Sagmeister 公司*
公司地址：*纽约州，纽约市*
客户：*The Ink Tank / R. O. Blechman*
客户地址：*纽约州，纽约市*
艺术指导：*Stefan Sagmeister*
设计者：*Stefan Sagmeister, Hjali Karlsson, Veronica Oh*
插图者：*Mark Marek, et al*
摄影者：*很多*
发行量：*1500 份，全球发行*

这份单色的广告册随同一盒 3/4"的录像带一起送出，作为曼哈顿动画设计室的宣传品。如果把这些卡通画剪下来并组装在一起就形成了一个正在运动的画面，就像看着动画片一样。把广告册连接在一起的部分也用相同的纸张，并最终作为作品的一部分。

THE NAPA REVIEW

21st Century-Leadership

A Publication of Napa Research   Summer 1997

Rediscovering the Values-driven Organization

Why the Values-driven Organization?

Values-driven organizations are designed around a set of *core values*, and provide *products and services of value* to their customers. While the definition and context are new, the concept is anything but a management theory *du jour*. Examples of values-driven organizations exist in plain view on both the present and historical marketscape–Johnson and Johnson, Motorola, and Nordstrom, to name a few.

Before you put down this paper and say "heard it, done it," reflect on these questions: What is your organization's fundamental reason for being? Is there a guiding philosophy around which you base all decisions and strategies? What are the five or ten operating principles all of your employees agree on, embrace and live day to day?

In a values-driven organization, these answers roll off the tongue of every employee with excitement. Ultimately, the litmus test is not whether a vision statement exists in a memo filed away for posterity, but if, in fact, these guiding philosophies provide a *modus operandi* and ideological context for

T he stroke of midnight, January 1, 2000, has become an increasingly cliché icon for the furious global change that is, in fact, already upon us. Falling international political and economic barriers have created a truly global marketplace. Democratic revolutions around the globe have been followed by the "democratization" of the workplace and its nomadic tribes of knowledge-workers. An unending cascade of technological innovations routinely brings industry-leading companies–witness Apple–to near obsolescence. And the bull market of the century has notched an unprecedented 50% growth in three years, on the heels of hundreds of technology and biotech IPOs.[1]

With this accelerated velocity of change, the opportunity cost of standing still has soared.

Onto this global historical stage, a particular type of organization has reemerged as a tried-and-true model for success and profitability: the values-driven organization.

Vision, as a philosophy and imagined goal, is an interpretive tool to help deal with information overload.

action. Committing to vision and values through systemic and structural means provides a link between what are often perceived as "soft" business concepts and the more traditional operating tools of strategic planning, reporting, and tactical implementation. The flexibility, adaptability and differentiation created by values-driven organizational design provide a significant competitive advantage in the new global marketplace.

[1] Clark, K., "Why You Should Worry About the Wealth Effect," *Fortune*, March 31, 1997: 24.

NAPA 评论

设计公司：*Wong Wong Boyack 公司*
公司地址：加利福尼亚州，圣弗朗西斯科
客户：*The Napa Group*
客户地址：加利福尼亚州，圣弗朗西斯科
艺术指导：*Homan Lee*
设计者：*Homan Lee*
插图者：*Homan Lee*
发行量：*500 份*，全国发行

　　设计小组为了节省插图费用而创造性地把一张主要的照片分成四张用在广告册中。半色调图像经 Adobe Photoshop 滤镜处理，用来模拟价格昂贵的水印效果。

广告小册子、产品目录与直接邮件 | **39**

结构讲座

设计公司：*Barry Hutzel* 公司
公司地址：*密歇根州，霍兰*
客户：*IDSA Michigan*
客户地址：*密歇根州，霍兰*
设计者：*Barry Hutzel*
发行量：*1000* 份，全球发行

作品中的讲座主题用一种色彩印刷在有质感的非涂布文化纸和封面纸上。印刷时再在封面上微微涂上一层黑色，作品的其余部分用 PMS 色印刷。所有的图片均取自于捐赠或从网上的免费文件中下载而得的。

SMACNA 年会和参展者论坛广告册

设计公司：*Grafik* 通讯公司
公司地址：*弗吉尼亚州，亚历山德里亚*
客户：*Sheet Metal and Air Conditioning National Association*
客户地址：*Chantilly, VA*
设计者：*Gretchen East，Susan English，Judy Kirpich*
发行量：*2000* 份，全国发行

该作品看起来像四色印刷，而实质上是双 PMS 色（黄和紫红）印刷。其混合产生的橘黄色暗纹遍布于广告册。所有的照片都选自于一张光盘中的图片库。

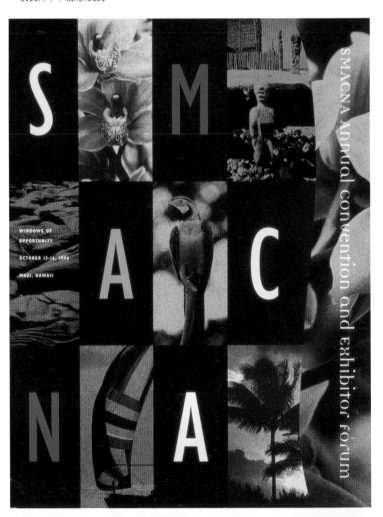

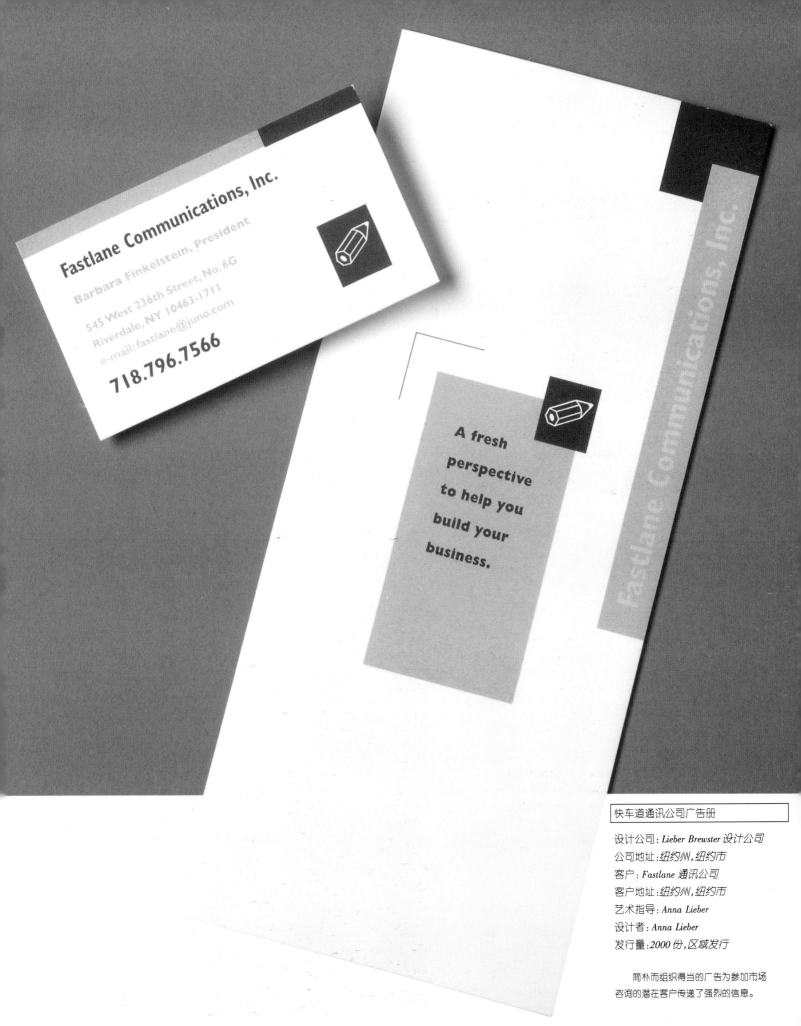

Fastlane Communications, Inc.

Barbara Finkelstein, President

545 West 236th Street, No. 6G
Riverdale, NY 10463-1711
e-mail: fastlane@juno.com

718.796.7566

A fresh
perspective
to help you
build your
business.

Fastlane Communications, Inc.

快车道通讯公司广告册

设计公司: *Lieber Brewster* 设计公司
公司地址:*纽约州,纽约市*
客户: *Fastlane* 通讯公司
客户地址:*纽约州,纽约市*
艺术指导:*Anna Lieber*
设计者:*Anna Lieber*
发行量:*2000 份,*区域发行

简朴而组织得当的广告为参加市场
咨询的潜在客户传送了强烈的信息。

CAMP CREATIVITY™
handbook

① ② ③
④ ⑤ ⑥
⑦ ⑧ ⑨

創造夏令营手册

设计公司: *Kiku Obata* 公司
公司地址:*密苏里州,圣路易斯*
客户: *Bradshaw* 市场研究中心
客户地址:*密苏里州,圣路易斯*
艺术指导: *Terry Bliss*
设计者: *Jeff Rifkin*
发行量:*55 份,当地发行*

该手册在一台彩色复印机上印刷。这份四色的、有 24 页内容页外加封面的手册，装订采用从停车场收集的嫩树枝，由创作室的工作人员装订而成。手册中的照片显得自由灵活，取材于创作室收集的光盘图片库。

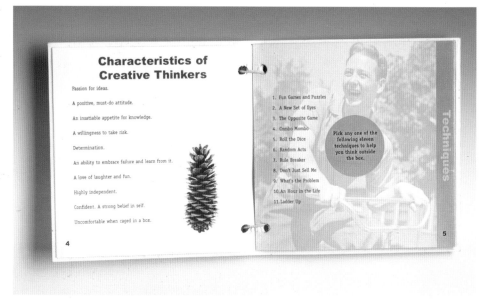

Characteristics of Creative Thinkers

Passion for ideas.

A positive, must-do attitude.

An insatiable appetite for knowledge.

A willingness to take risk.

Determination.

An ability to embrace failure and learn from it.

A love of laughter and fun.

Highly independent.

Confident. A strong belief in self.

Uncomfortable when caged in a box.

1. Fun Games and Puzzles
2. A New Set of Eyes
3. The Opposite Game
4. Combo Mombo
5. Roll the Dice
6. Random Acts
7. Rule Breaker
8. Don't Just Sell Me
9. What's the Problem
10. An Hour in the Life
11. Ladder Up

Pick any one of the following eleven techniques to help you think outside the box.

Techniques

社区学校 1995 – 1996 年度报告

设计公司: *Kiku Obata 公司*
公司地址: *密苏里州,圣路易斯*
客户: *社区学校*
客户地址: *密苏里州,圣路易斯*
艺术指导: *Amy Knopf*
设计者: *Amy Knopf*
发行量: *1500 份,当地发行*

世纪之交的照片手工染色技术是 20
世纪 70 年代初 rock – and – roll 影集中封面
与招贴画风格的复苏。同样,热情、友好、直
观的手段在这份年度报告的四色双折叠插
页上得以应用。集成照片是由学校的档案
照片的黑白版经设计者染以淡淡的色彩而
成。报告的内部用染色的文化用纸,用一种
PMS 色印刷,以便进一步降低成本。

NELL 糕点公司广告

设计公司: *Lambert 设计公司*
公司地址: *得克萨斯州, 达拉斯*
客户: *Nell Baking 公司*
客户地址: *得克萨斯州, 达拉斯*
艺术指导: *Christie Lambert*
设计者: *Christie Lambert*
插图者: *Christie Lambert*
发行量: *1500 份, 全国发行*

　　当创作室印刷这份糕点公司新产品的四色标签的时候, 印刷纸页上留有足够的空间来印刷真彩色的内部, 内部是小幅面的产品广告。该作品全部在计算机上创作完成, 因此调配色彩和胶卷的费用均不计入整个预算。该作品只印刷一面, 折叠后就形成封面与封底。封面与精制牛皮纸书籍是在一个小型速印店里印刷的。最后用铆钉把所有各页装订在一起。

EASTER SEALS 公司 1995 - 1996 年度报告

设计公司 : *Kiku Obata 公司*
公司地址 : *密苏里州,圣路易斯*
客户 : *Easter Seal Society*
客户地址 : *密苏里州,圣路易斯*
艺术指导 : *Liz Sullivan*
设计者 : *Liz Sullivan*
摄影者 : *Easter Seal Society Clients*
发行量 : *3000 份,区域发行*

选用原创的照片会占用大量的预算,而且还不能传达本应具有的热情与个性。年度报告中插图的快拍摄影照片是无偿取自于某个组织的客户,其相机用的是当地摄影店捐赠的用完即扔的一次性相机。给人以强烈震撼力的双色颜料与捐赠的厚纸组合在一起,以极少的费用就获得了温暖、友善的画面效果。

our stories

Missouri Easter Seal Society Annual Report 1995 | 1996

Chris loves the computer and attends every computer class he can find.

Some of us can only dream of being as active and involved as Chris. A man of diverse interests, Chris, who has Down Syndrome, doesn't sit around waiting for the fun to begin. He makes it happen, and it would be hard to say what he enjoys doing more: bowling on Friday nights, free-wheeling in the neighborhood on his bicycle, playing with his pet Shih Tzu, Missy, going to school, or attending music shows in Branson, Missouri. If you asked the Easter Seals' Computer Assistive Technology Coordinator who works with Chris, you would learn that he loves the computer and attends every computer-related class he can find.

"Computers are a valuable tool for teaching. Chris' fascination with computers inspires him to learn new games and programs, and to expand his reading and comprehension abilities. He is currently learning a mix-and-match program that

involves sequencing and patterning. Chris also uses the computer to write his own short stories and create his own greeting cards. At Missouri Easter Seal Society, staff members work with Chris on improving his keyboarding skills. "For Chris," says one instructor, "keyboarding is difficult, but he approaches the challenge with

chris

persistence and doesn't get frustrated." Although he usually uses a mouse to navigate his way through a variety of programs, Chris was recently introduced to the use of the track ball to allow him greater flexibility and familiarity with computer hardware options.

The youngest of three children, 15-year-old Chris communicates well

verbally, is always smiling, and, according to his mother, Imogene, "He's just great company." Enthusiastic, kind-hearted and always willing to help out, Chris thrives on social interaction. He especially values the friendships he's established with other students in his Easter Seal Society computer classes, and greatly enjoyed a class birthday party held recently for a friend. "Chris," said an instructor, "is always laughing and ready for fun."

Through Easter Seals' computer classes, Chris is able to expand his interests and add significantly to his knowledge of the world. Whether he's learning a new computer program, practicing with the track ball, or writing a short story, he's engaging in a favorite outlet for his creative energies and is developing the skills and confidence that enhance every aspect of his daily life. ●

三维加利福尼亚展览目录

设计公司：*Mires* 设计公司

公司地址：*加利福尼亚州，圣达戈*

客户：*加利福尼亚艺术中心*

客户地址：*加利福尼亚州，圣达戈*

艺术指导：*John Ball*

设计者：*Deborah Horn, John Ball*

发行量：*2000 份，全国发行*

尽管从表面看来很昂贵，但实际上生产这份有巨大的、明亮的、现代的雕刻展览目录是很便宜的。封面是在一张未印刷任何东西的封面纸板上凸雕和凹雕而成。四色的彩照页被集合起来，与单色的文本页分开印刷。最后把彩照页与文本页交错放置并用槽口装订。

LB. CD 与 97. 211 运动

设计公司: Lieber Brewster 设计公司
公司地址: 纽约州, 纽约市
客户: Lieber Brewster 设计公司
客户地址: 纽约州, 纽约市
艺术指导: Anna Lieber
设计者: Anna Lieber
发行量: 500 份, 区域发行

创作室只需要 500 张节日/活动卡。为了使工程的成本效率更高, 网状活动卡被集成印刷在同一张印刷纸上。并且印刷相同的信封以便可以同时用于两种卡的邮寄。

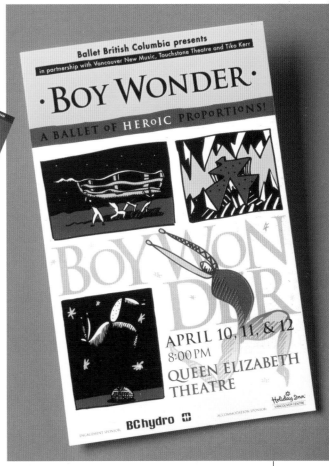

音乐会传单: 少年天才/五十雀

设计公司: Moondog 设计工作室
公司地址: 加拿大, 温哥华
客户: Ballet British Columbia
客户地址: 加拿大, 温哥华
艺术指导: Derek von Essen
设计者: Derek von Essen
插图者: Tiko Kerr
发行量: 3 万份, 区域发行

在一张印刷纸上印刷上面的广告, 然后剪开, 这样可以极大地降低生产成本。双面的音乐会传单就把两份广告同时印刷在一张 216mm × 279mm 的涂布纸上, 其中一面采用二到四色 PMS 色彩印刷, 而另一面只用一种 PMS 色彩印刷。这样, 在同样的预算下, 只用 1 万份的钱就可以使 2 万个观众见到广告并留下印象。

明信片：
伤感的/拙朴的/怪诞的/痛苦的

设计公司：*设计中心*
公司地址：*Minnetonka*
客户：*设计中心*
客户地址：*Minnetonka, MN*
艺术指导：*John Reger*
设计者：*Sherwin Schwartzrock*
发行量：*500 份,当地发行*

　　小批量印刷与自愿的手工劳动相结合,能在极少的劳动时间内创造出令人满意的结果。该作品的任何一页均采用在非涂布卡纸上的双面双色印刷。砂纸画、穿孔、订书钉、胶带等都是在创作室中添加到卡上的。

芝加哥光流 1010

设计公司: *Wong Wong Boyack* 公司
公司地址: 加利福尼亚州, 旧金山
客户: *Cisco Systems* 公司
客户地址: 加利福尼亚州, 圣何塞
艺术指导: *Ben Wong, Jennifer Porter*
设计者: *Jennifer Porter*
插图者: *Michael Frandy*
发行量: *15000* 份, 全国发行

　　简单的小批量印刷项目只要采用在一张印刷纸上集成印刷多份材料的方法就可以发挥出最大的潜力 (成本实际上要低于三张单独印刷的项目)。精心安排尺寸使三页四色印刷的直接邮件能够装进一个加大的信封。它的整个包装也同时印刷在同一张简单的大印刷纸上。

COPELAND REIS 邮件 (男与女)

设计公司: *Mires* 设计公司
公司地址: 加利福尼亚州, 圣迭戈
客户: *Copeland Reis Talent Agency*
客户地址: 加利福尼亚州, 圣迭戈
艺术指导: *John Ball*
设计者: *John Ball, Miguel Perez*
摄影者: 众多
发行量: *1000* 份, 当地发行

　　这份六折叠的黑白邮件是代理商的最大的财富, 男女模特的外表被突出的表现出来。

公司标识

色彩简单与"绿色环保"的趋势改变了设计者的设计方式。许多项目只采用双PMS色，甚至有一些故意采用能给人以强烈震撼效果的黑白配色方案。非传统的印刷方式，如照相复制，喷墨印刷，激光印刷，虹彩印刷和其他的数字印刷技术的效率与特殊纸张随处可得，使得信纸、卡片或其他的商业表格更易于为客户使用。再生纸和牛皮纸也成为公司普遍选择的对象，因为它可以给客户一个重视环保和重视成本的印象。

复杂的工程如新闻月报或需定期更新的销售材料也能廉价地生产。包含公司标志和特写信息的真彩框用两种或更多的色彩提前印刷好，然后客户再把质量要求不高的地方印成单色的，这样不用每次都用高价的三色印刷。

电影之夜

设计公司 : *J. Graham Hanson 设计公司*
公司地址 :*纽约州, 纽约市*
客户 : *AIGA / NY*
客户地址 :*纽约州, 纽约市*
艺术指导 : *J. Graham Hanson*
设计者 : *J. Graham Hanson, lris Ted*
插图者 : *J. Graham Hanson, lris Ted*
发行量 :*1000 份, 当地发行*

在扫描仪上创作的原创图片既吸引人又非常经济。在这份设计中，一段已经曝光的 35mm 胶卷被粘接到一个卷曲的光泽的纸板上，并把它的一侧放到平台式扫描仪上进行扫描，得到的最后图像就被用做该请帖的标识。

A Night at the Movies
PRESENTED BY AIGA NEW YORK AND POTLATCH 17 SEPTEMBER 1996

显而易见,最高的效率就是对现存材料的最佳利用 (Obviously, the highest type of efficiency is that which can Utilize existing material to the best advantage)。

———Jawaharlal Nehru

绿色屏幕标识

设计公司: *Selbert Perkins* 设计公司

公司地址:马萨渚塞州,剑桥

客户: *Greenscreen*

客户地址: *Los Angeles, CA*

艺术指导: *Robin Perkins*

设计者: *Robin Perkins, Heather Watson*

发行量:全国发行

简单化的设计方案是保持该公司标识项目设计和生产预算合理的关键因素。g 字母及其专有的字型均取自于客户公司原有的标识。整个标识按双色印刷设计。

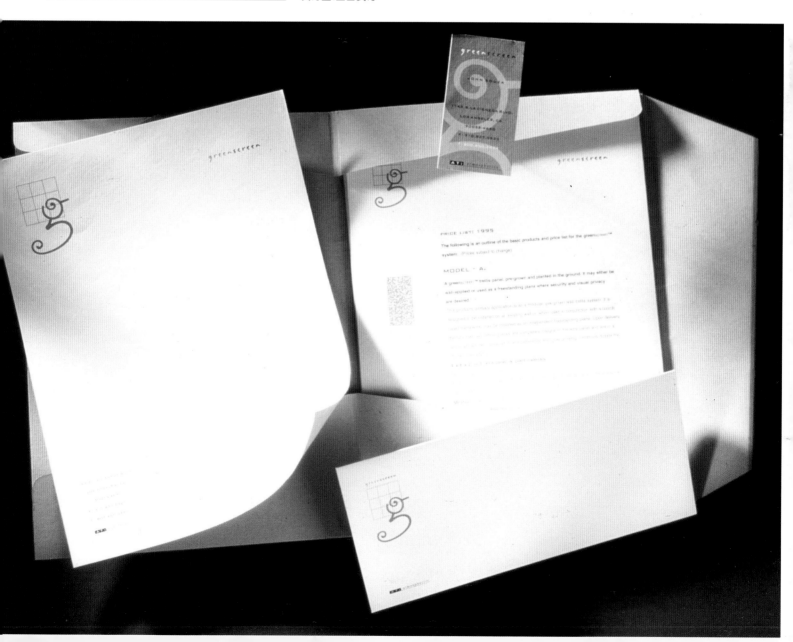

MIREILLE SMITS 设计工作室

设计公司：*Mireille Smits 设计公司*

公司地址：*Indianapolis, IN*

客户：*Mireille Smits 设计公司*

客户地址：*Indianapolis, IN*

艺术指导：*Mireille Smits*

设计者：*Mireille Smits*

插图者：*Mireille Smits*

发行量：*200 份，全国发行*

非传统印刷技术的效率已经进入某些设计者的意识中。照相复制机、喷墨打印机、激光打印机和其他的数字打印机等机器随时间的推移而不断发展，已使打印的费用越来越少。这份公司用的信封和卡片就是在特殊纸板上用照相复制机打印而成的。

Voetreflexzone massage
Metamorfose &
Chakra massage

Margje van der Weide
Hefveld 4
5642 DC Eindhoven
Tel. 040-2813169

MARGJE VAN DER WEIDE 商业卡

设计公司: *Mireille Smits 设计公司*
公司地址: *Indianapolis, IN*
客户: *Margje van der Weide Reflexology Massage*
客户地址: *Eindhoven, The Netherlands*
艺术指导: *Mireille Smits*
设计者: *Mireille Smits*
插图者: *Mireille Smits*
发行量: *200 份,区域发行*

该商业卡采用照相复制机印刷,选用常规的纸板,但每一张卡的色彩是用水彩颜料手工染制而成。

MRS. T'S CHICAGO TRIATHLON

设计公司: *Jim Lange 设计公司*
公司地址: *伊利诺伊州,芝加哥*
客户: *Mrs. T's Chicago Triathlon*
客户地址: *伊利诺伊州,芝加哥*
艺术指导: *Jan Caille*
设计者: *Jim Lange*
插图者: *Jim Lange*
发行量: *4000 份,当地发行*

有价值的设计也能帮助宣传品减少成本。上面收集的六款设计是用不同的油墨印刷在不同颜色和款式的 T 恤衫上。一些 T 恤衫已经被该项活动的参与者和自愿者穿旧了,如果把这些都包括在内的话,发行的 T 恤衫一共超过 4000 套。T 恤衫既在这次活动中获得了可观的利润,又被证明是将来该项活动的较好的标志物。

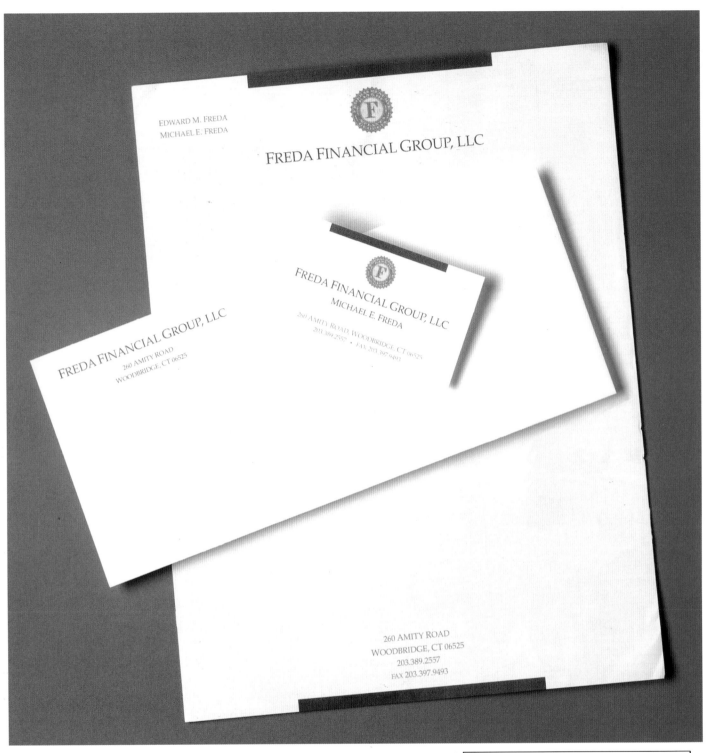

FREDA 财务集团标识

设计公司: *Atlantic Design Works*
公司地址: *West Hartford, CT*
客户: *Freda Financial Group , LLC*
客户地址: *Woodbridge, CT*
艺术指导: *Stacy W. Murray*
设计者: *Stacy W. Murray*
发行量: *1000 份,当地发行*

　　单色的设计是用现成的打印机在纸板上打印出来,印刷采用一种绿色的 PMS 油墨,图像选用一个从 1 美元的钞票上扫描下来的图案。设计者末花多少修饰就创作出了这份很有深度的作品。

哈特福得财务管理公司

设计公司: *Atlantic Design Works*
公司地址: *康涅狄格州,西哈特福德*
客户: *Hartford Financial Management*
客户地址: *康涅狄格州,西哈特福德*
艺术指导: *Stacy W. Murray*
设计者: *Stacy W. Murray*
发行量: *8000 份,全国发行*

　　由于客户想让它的标识色彩艳丽一些,于是这份内容不断改变的工程就不得不增加成本。广告册、产品信息单、甚至新闻简报都需要一个两色或多色的预印框,它包括了公司的标识、地址、或其他的特殊信息。新闻简报印刷数量有限,为了节省三色印刷的花销,设计者创作了一个双色的预印框,客户印刷的时候就只用印单色的黑色文本了。并且它被设计成经折叠后就成为信封的造型。

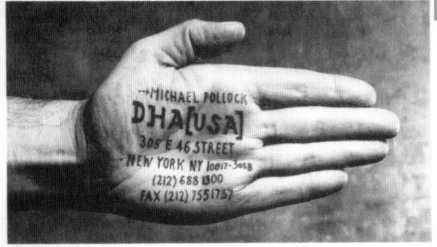

DHA(美国)

设计公司: Sagmeister, Inc.
公司地址: 纽约州, 纽约市
客户: DHA(USA)
客户地址: 纽约州, 纽约市
艺术指导: Stefan Sagmeister
设计者: Stefan sagmeister
摄影者: Tom Schierlitz
发行量: 3000 份, 全国发行

谁说黑白的设计很乏味？这份公司的标识就采用了黑白设计。由于它的文本都呈现在照片上，因此排字的费用几乎为零。

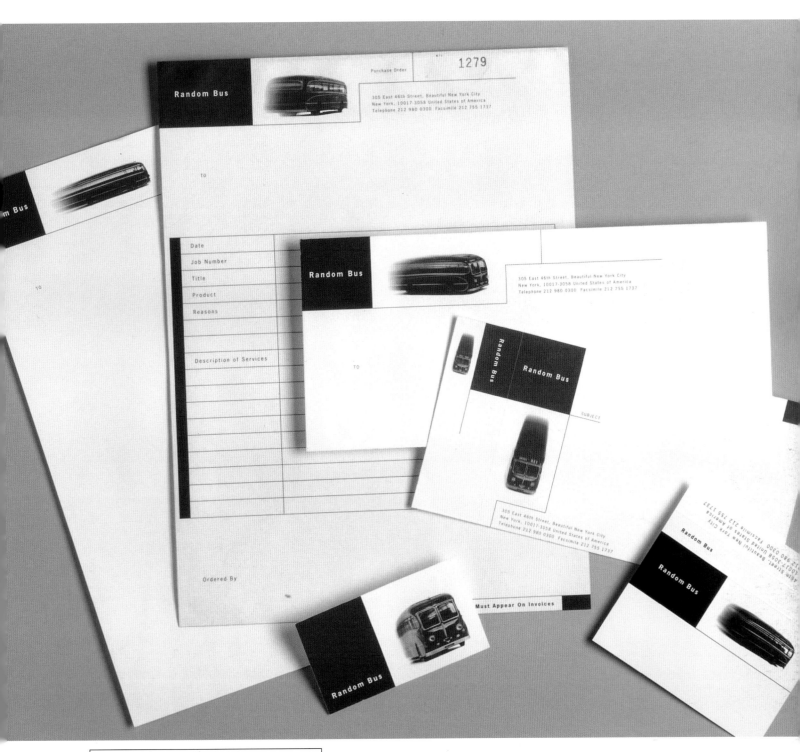

机动车公司

设计公司: Sagmeister 有限公司
公司地址: 纽约州, 纽约市
客户: Random Bus
客户地址: 纽约州, 纽约市
艺术指导: Stefan Sagmeister
设计者: Eric Zim
插图者: Eric Zim
摄影者: Tom Schierlitz
发行量: 3000 份, 全国发行

这份公司的标识采用了黑白设
计, 无论是商业卡、无碳复写纸、盒带
式封面、运输标签, 还是信封和信头都
采用这种形式.

设计公司: *Sagmeister* 有限公司
公司地址:*纽约州,纽约市*
客户: *Tom Schierlitz*
客户地址:*纽约州,纽约市*
艺术指导: *Stefan Sagmeister*
设计者: *Stefan Sagmeister*
发行量:*2000 份,全球发行*

该黑白色设计的公司标识中的商业
卡中心有一模冲的孔,是其惟一花钱较
多的地方。

CATHERINE STAUBER *Proprietor* TEL: (250) 335-0199

4980 Kirk Road
Sandpiper, Hornby Island
British Columbia V0R 1Z0

Arthur's Farm 5-2
Hornby Island
British Columbia V0R 1Z0

TEL: (250) 335-0199

海鸥乡村烹饪学校标识

设计公司: *Moondog* 设计工作室

公司地址: *加拿大,温哥华*

客户: *Gull Cottage* 烹饪学校

客户地址: *Vancouver, BC, Canada*

艺术指导: *Derek von Essen, Odette Hidalgo*

设计者: *Odette Hidalgo, Derek von Essen*

插图者: *Derek von Essen*

发行量: *1000 份,区域发行*

整个标识项目均用两种 PMS 色创作, 包括信头、商业卡和信封。额外印了日历框, 客户可以根据需要以单色把新开课程的日程表印上, 这样所花费用很低。

STEMMINGS & BLOOM 公司标识

设计公司: *Moondog* 设计工作室　　　　插图者: *Odette Hidalgo*

公司地址: 加拿大, 温哥华　　　　发行量: *1000 份*, 区域发行

客户: *Stemming & Bloom*

客户地址: 加拿大, 温哥华

艺术指导: *Derek von Essen, Odette Hidalgo*　　　整个花店的标识性包装以两种 PMS 色设

设计者: *Odette Hidalgo, Derek von Essen*　　　计, 并成功地利用了水纹图像, 更增添了图片的
深度感。

TO DYE FOR 公司标识

设计公司：*Moondog* 设计工作室   插图者：*Odette Hidalgo*

公司地址：*Vancouver, BC, Canada*   发行量：*500* 份，区域发行

客户：*To Dye For*

客户地址：*Vancouver, BC, Canada*   该织物的标识性包装全部采用一

艺术指导：*Odette Hidalgo*   种 PMS 色印刷，并应用水纹图像以增

设计者：*Odette Hidalgo*   加深度感。

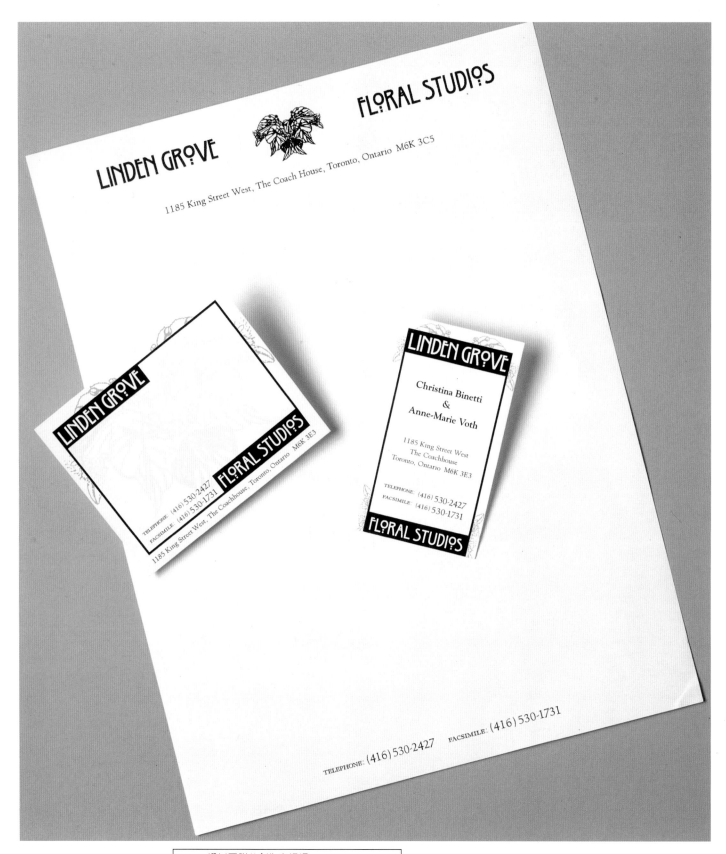

椴树园鲜花创作室标识

设计公司: *Moondog 设计工作室*
公司地址: *Vancouver, BC, Canada*
客户: *Linden Grove Floral 工作室*
客户地址: *加拿大,多伦多*

艺术指导: *Odette Hidalgo*
设计者: *Odette Hidalgo*
插图者: *Odette Hidalgo*
发行量: *1000 份,当地发行*

花店的整个标识仅依靠黑色和一种 PMS 色印刷。商业卡和挂签都集成印在 216mm×179mm 的印刷纸上。为了进一步节省费用,信头由客户在喷墨打印机上打印。

空手道学校标识

设计公司：*Moondog 设计工作室*
公司地址：*Vancouver, BC, Canada*
客户：*Karate BC*
客户地址：*Vancouver, BC, Canada*

艺术指导：*Derek von Essen, Odette Hidalgo*
设计者：*Odette Hidalgo, Derek von Essen*
插图者：*Odette Hidalgo*
发行量：*1000 份,区域发行*

这是一个空手道学校的标志,设计只用黑色外加一种 PMS 色印刷,避免使用出血版,以进一步降低成本。

HORNALL ANDERSON 设计公司的信头

设计公司 : *Hornall Anderson 设计有限公司*
公司地址 : *华盛顿州,西雅图*
客户 : *Hornall Anderson 设计有限公司*
客户地址 : *华盛顿州,西雅图*
艺术指导 : *Jack Anderson*
设计者 : *Jack Anderson, David Bates*
插图者 : *David Bates*
发行 : *全球发行*

　　新的 Hornall Anderson 设计公司的标识系统采用价廉的、天然的、可回收的纸做信封、标签、商业卡甚至信头本身。

小 窍 门

　　试试尽可能在同一张印刷纸上集成印刷多张的产品的单页,这样可以降低生产成本。因为绝大多数的印刷商都是以印刷量来计算成本并收费的。因此,印 1 万份然后剪开的方案比你单独印刷 2 万份的方案要省钱得多。

设计公司：*Vaughn / Wedeen Creative*

公司地址：*Albuquerque, NM*

客户：*Massage for the Health of It*

客户地址：*Albuquerque, NM*

艺术指导：*Rick Vaughn*

设计者：*Rick Vaughn*

摄影者：*Michael Barley*

发行：*区域发行*

　　就用一种黑色油墨与三种纸的原色相
配合，设计者在信头、信封和商业卡中创造
出了逼真的真彩色效果。

BEST CELLARS 公司标识

设计公司：*Hornall Anderson 设计有限公司*
公司地址：*华盛顿州,西雅图*
客户：*Best Cellars*
客户地址：*华盛顿州,西雅图*
艺术指导：*Jack Anderson*
设计者：*Jack Anderson, Lisa Cerveny, Jana Wilson*
发行：*全国发行*

酒瓶底部在亚麻布上留下的印痕成为该标识设计的主要思想。他的整个包装和信封系统——包括纸箱、纸袋、商业卡、信头、消费广告册和瓶上的标签,均采用廉价的可回收牛皮纸。用做商店装饰的横幅也用了同样的设计。

潮流公司标识

设计公司：*David Carter* 设计协会

公司地址：*得克萨斯州,达拉斯*

客户：*The Tides*

客户地址：*得克萨斯州,迈阿密*

艺术指导：*Lori B. Wilson*

设计者：*Kathy Baronet*

发行量：*300 份,店内发行*

　　在这个标识设计中，瓦楞纸被用做最主
要的装饰元素。标识以两种色彩印刷在与之
互补的文化用纸板上。最后用螺钉组装并在
一起,易于对某些页更换,保持成本最低。

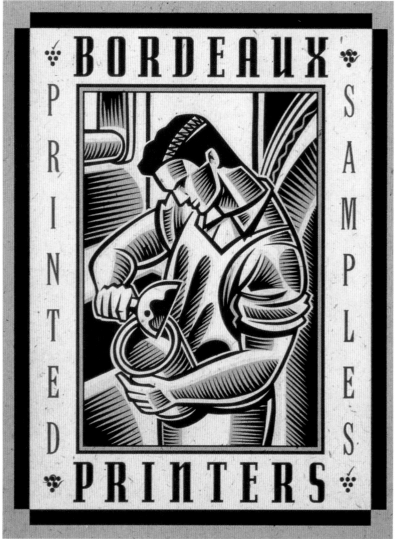

BORDEAUX 印刷厂的包装纸与挂签

设计公司：*Mires* 设计公司
公司地址：*加利福尼亚州，圣迭戈*
客户：*Bordeaux Printers*
客户地址：*加利福尼亚州，圣迭戈*
艺术指导：*José A. Serrano*
设计者：*José A. Serrano, Miguel Perez*
插图者：*Tracy Sabin*
发行量：*1000 份，当地发行*

　　用三种 PMS 颜色，效果强烈的图片和震撼
人心的概念，这份创作方案利用了印刷厂的名
称与一种家喻户晓的葡萄酒的名称来做宣传。
这份作品想宣传该印刷厂先进的生产技术。标
签与挂签都作为质量保障的一部分；它们分别
由生产人员和销售代理人员签发，使客户知道，
该印刷样品已经被仔细检查合格了。最后，整个
包裹与一瓶 BORDEAUX 葡萄酒装在一起，不仅
送给那些可能成为公司主顾的人，也送给原来
的老客户作为奖励。

俄罗斯 – 美国音乐联合会标识

设计公司：*Misha* 设计工作室

公司地址：*缅因州，波士顿*

客户：*Russian – American Music Association*

客户地址：*缅因州，波士顿*

艺术指导：*Michael Lenn*

设计者：*Michael Lenn*

插图者：*Michael Lenn*

发行：*全球发行*

　　客户需要在公司标识的设计方案中更注重成本观念。最后，独具匠心的单色标识设计可以很容易地以任何大小复制，用于报纸广告、广告小册子、信头和其他宣传材料中。

DENNIS 机械挖掘机厂标识

设计公司 : *The Weller Institute for the Cure of Design*

公司地址 : *Oakley, UT*

客户 : *Dennis Marchant Excavating*

客户地址 : *Peoa, UT*

艺术指导 : *Don Weller, Cha Cha Weller*

设计者 : *Don Weller*

插图者 : *Don Weller*

发行 : 区域发行

以客户的服务为主题，标识的力量来源于它中间具有强烈效果的图像和文本字体的选择。由于标识无其他的色彩处理，使它成为成本效率很高的解决方案。它可以广泛用于商业卡、电话号码簿、广告和报纸的分类广告中。

红蚂蚁录音机厂标识

设计公司 : *Mike Salisbury* 通讯公司

公司地址 : *Torrance, CA*

客户 : *Red Ant Records*

客户地址 : *Beverly Hills, CA*

艺术指导 : *Mike Salisbury*

设计者 : *Leslie Carbaga*

插图者 : *Leslie Carbaga*

发行 : 全球发行

该标识只用了三种 **PMS** 色彩，设计者在为这个个性鲜明的录音机厂设计标识时追求的是低成本高效果的解决方案。

切边机厂标识

设计公司：*Vaughn / Wedeen Creative*
公司地址：*Albuquerque, NM*
客户：*Cutting Edge*
客户地址：*Albuquerque, NM*
艺术指导：*Rick Vaughn*
设计者：*Rick Vaughn*
发行量：*1500 份，全国发行*

　　该设计只用一种黑色和一种 PMS
色油墨，作品的深度和色彩是通过对信
封和信头染以淡淡的色彩来获得的。

设计公司: *Lieber Brewster 设计公司*

公司地址: *纽约州,纽约市*

客户: *Doors to Music*

客户地址: *纽约州,纽约市*

艺术指导: *Anna Lieber*

设计者: *Anna Lieber*

插图者: *Anna Lieber*

发行量: *2000 份,全球发行*

　　保持用两种色彩,但通过简单的图形、色彩的混合与印刷上的装饰符号等手段使该标识生动起来。

4

多媒体与网站

网络向你提供了一种更新、更经济、更实惠的销售工具，而不用付出昂贵的印刷和邮寄费用。而且，设计者创作客户网站的时候，也正在不断发现成本效率更高的方法。网络问题的解决与广播和动画相似，干净利落的、有强烈效果的图片与字体处理加上简单的导航和少量的装饰就能获得令人惊讶的效果，它不需要多年的编程技能，也不需要观众有成堆的外围软件。但与电视商务或以 CD 为载体的多媒体（更不用说印刷媒体了）不同，网站可以根据需要每日更新而消耗甚微。去年刚推出的 HTML（超文本语言）和 Java Scripting 语言、网上大量免费的照片和插图，以及在新的环境下网络和多媒体设计者不断扩展的想像力，过些正在改变着图像创作室和客户在网上宣传的存在方式。

金钱就像第六感觉一样，没有它，就不能利用其他五个（Money is like a sixth sense, and you can't make use of the other five without it）。

——W. Somerset Maugham

ROBERT SONDGROTH 的照片

设计公司：*Canary 设计工作室*
公司地址：*加利福尼亚州,奥克兰*
客户：*Robert Sondgroth Photography*
客户地址：*加利福尼亚州,奥克兰*
艺术指导：*Ken Roberts*
设计者：*Robert Sondgroth*
摄影者：*Ken Robert*
设计者：*Robert Sondgroth*
动画：*Ken Robert*
发行量：*250 盘,当地发行*

摄影者需要一份自我宣传的作品，它既要容易改变内容，又能够在除印刷以外的各种形式显示它的作品。

SELECT ONE

INFO

QUIT

MENU

HAL APPLE 设计

设计公司 : *Halapple Design & Communications* 公司
公司地址 : *加利福尼亚州, 曼哈顿海滩*
客户 : *Halapple Design & Communications, Inc.*
客户地址 : *加利福尼亚州, 曼哈顿海滩*
艺术指导 : *Hal Apple, Alan Otto*
设计者 : *Alan Otto, Rebecca Cwiak, Jason Hashmi*
插图者 : *Jason Ware, Hal Apple, Doug Cwiak*
网络设计者 : *Rebecca Cwiak, Hal Apple*
程序员 : *Rebecca Cwiak*
发行 : *全球发行*

　设计小组花了整整五个月的时间来学习网络编程，因此他们可以在室内创作出网站，其中包括搜集作为插图的材料。

UPTIME 计算机公司网站
(WWW. UPTIME. COM／UPTIME／WEST)

设计公司：*Grafik 通讯公司*
公司地址：*Alexandria, VA*
客户：*时代计算机服务公司*
客户地址：*Alexandria, VA*
艺术指导：*Joe Barsin*
设计者：*Joe Barsin*
插图者：*Joe Barsin*
网络设计者：*Joe Barsin*
程序员：*Joe Barsin*
发行：*全球发行*

这个网站被作为公益项目。设计者同时又是插图者和编程者。

Last roundup: October 12, 1997

Copyright © 1997 Uptime Computer Services, Inc.

Homepage design by Grafik Communications, Ltd. of Alexandria, Virginia

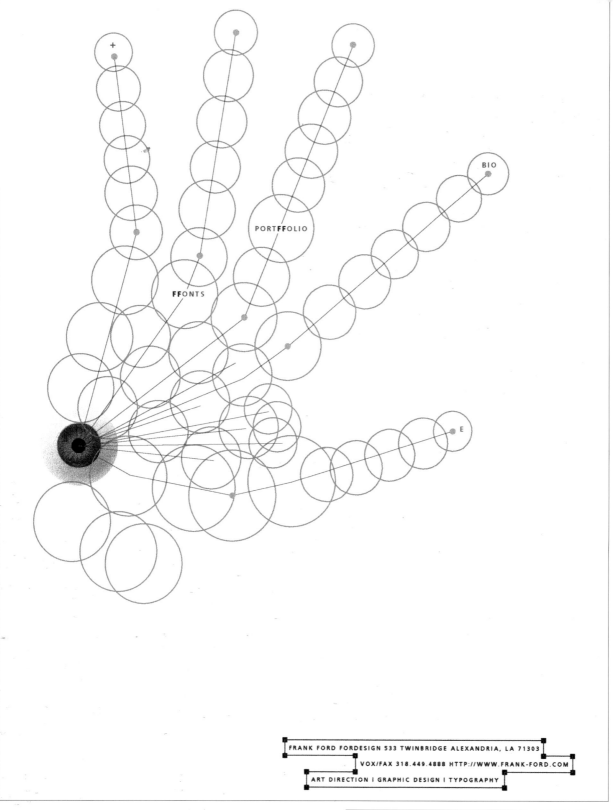

+

BIO

PORTFFOLIO

FFONTS

E

FRANK FORD FORDESIGN 533 TWINBRIDGE ALEXANDRIA, LA 71303
VOX/FAX 318.449.4888 HTTP://WWW.FRANK-FORD.COM
ART DIRECTION | GRAPHIC DESIGN | TYPOGRAPHY

福德设计室网站(WWW. FRANK – FORD. COM)

设计公司: *Fordesign*

公司地址: *Alexandria, LA*

客户: *Fordesign*

客户地址: *Alexandria, LA*

艺术指导: *Frank Ford*

设计者: *Frank Ford*

插图者: *Frank Ford*

网络设计者: *Frank Ford*

程序员: *Frank Ford*

发行:全球发行

为了易于编程和导航，该网站采用了最少的链接。为了保持打开的图片和整个站点脉络清晰，把所有网页都设计为一张简单的导航图的链接。

宠物网站(WWW. PETPAGE. ORG)

设计公司 : *Grafik* 通讯有限公司
公司地址 : *弗吉尼亚州,亚历山德西里*
客户 : *Arlington & Alexandria Animal Hospitail*
客户地址 : *弗吉尼亚州,亚历山德西里*
创作指导 : *Judy Kirpich*
艺术指导 : *Johnny Vitorovich*
设计者 : *Johnny Vitorovich*
摄影者 : *Pam Soorenko, Pat Crowe, Oi Jakraat Veerasaran, Debbie Fox, Johnny Vitorovich, Susan Osborn, and Various stock*
网络设计者 : *Johny Vitorovich, Judy Kirpich*
程序员 : *Johny Vitorovich, Judy Kirpich*
发行 : *全球发行*

　　设计小组与一群经常与他们签订合同的摄影者接触,想知道他们是否愿意捐赠原有的照片和把刚拍摄的原创照片在网上展示。结果反应是空前的。许多过去给动物摄影的人都非常愿意支持这个公益项目。项目中的图片是在室内拍摄或者从图像创作室原先购买的光盘的图像库中获得的。

Title	Shelter	Time Period
Pet Photos with Santa	Alexandria	Please call for more information

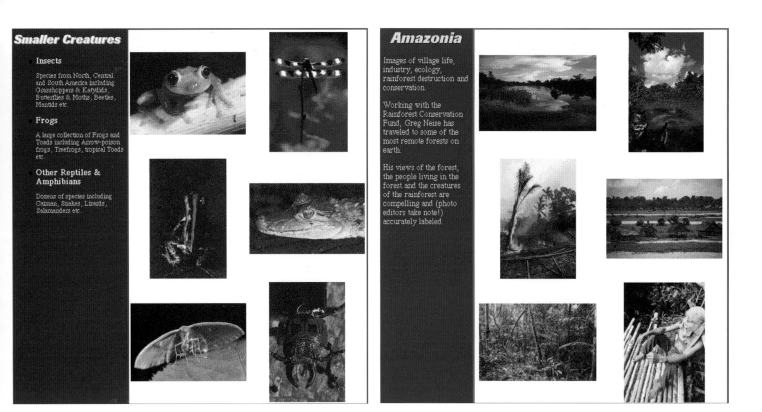

Smaller Creatures

- **Insects**

  Species from North, Central and South America including Grasshoppers & Katydids, Butterflies & Moths, Beetles, Mantids etc.

- **Frogs**

  A large collection of Frogs and Toads including Arrow-poison frogs, Treefrogs, tropical Toads etc.

- **Other Reptiles & Amphibians**

  Dozens of species including Caiman, Snakes, Lizards, Salamanders etc.

Amazonia

Images of village life, industry, ecology, rainforest destruction and conservation.

Working with the Rainforest Conservation Fund, Greg Neise has traveled to some of the most remote forests on earth.

His views of the forest, the people living in the forest and the creatures of the rainforest are compelling and (photo editors take note!) accurately labeled.

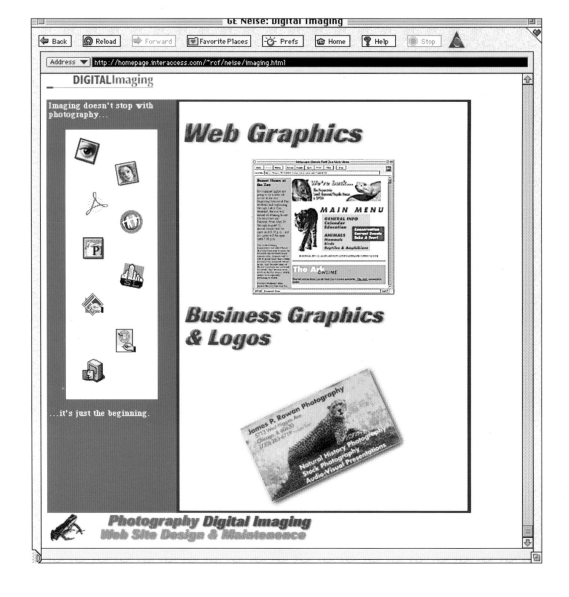

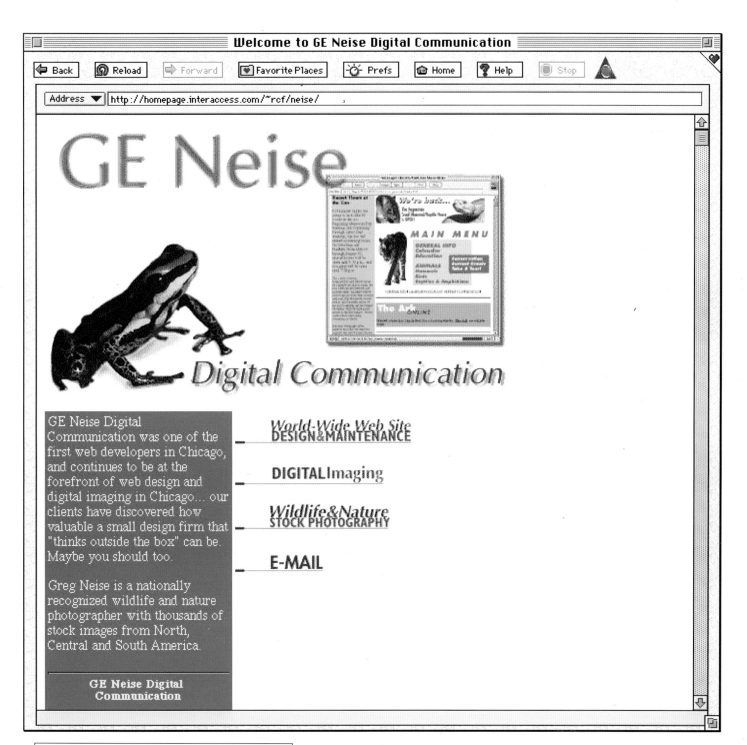

HOMEPAGE. INTERACCESS. COM/ ~ RCF / NEISE

设计公司: *GE Neise 数字媒体公司*

公司地址: *伊利诺伊州,芝加哥*

客户: *GE Neise 数字媒体公司*

客户地址: *伊利诺伊州,芝加哥*

艺术指导: *GE Neise*

设计者: *GE Neise*

插图者: *GE Neise*

摄影者: *GE Neise*

网络设计者: *GE Neise*

发行: 全球发行

网站为客户提供多方位的服务,因此,摄影者/设计者的个人风格就从大量的图片、网站的发展与管理,还有数字化插图中体现出来。网站中有的是丰富的造型和连贯的下载。由于在世界上任何一角落从电话线上就可得到该网站的信息,因此一年中,大量的财富就从邮寄目录,邮资和四色印刷的销售广告中节省下来。

设计公司：*GE Neise 数字媒体公司*
公司地址：*伊利诺伊州，芝加哥*
客户：*林肯公园动物园*
客户地址：*伊利诺伊州，芝加哥*
艺术指导：*GE Neise*
设计者：*GE Neise*
插图者：*GE Neise*
摄影者：*GE Neise*
网络设计者：*GE Neise*
发行：*全球发行*

　　由于有 400 多个可供下载的文件，林肯公园动物园的网站在设计时就需要既可以快速下载，而且不需要用户端有特殊的软件。整个网站均用明亮的色彩把大量的可读性很强的文本隔开。所用的照片和插图要么来源于客户，要么来自于设计者巨大的档案库中。甚至对"lion Cam"现场直播的遥控摄像机也不需要特殊的软件就能使用，让观众能够连续不断地看到动物园里最引人入胜的展览区的不断更新的画面。

(bi)gital»

BIGITAL . COM

设计公司：*Bigital*
公司地址：*阿根廷，布宜诺斯艾利斯*
客户：*Bigital*
客户地址：*阿根廷，布宜诺斯艾利斯*
艺术指导：*Tomás Garcia Ferrari, Carolina Short*
设计者：*Tomás Garcia Ferrari, Carolina Short*
网络设计者：*Tomás Garcia Ferrari, Carolina Short*
摄影者：*Tomás Garcia Ferrari, Carolina Short*
发行：*全球发行*

　　一台强劲的 Macintosh 8500 电脑，一大堆软件，一根可以连上网络电话线和月租几美元的服务空间，创作室用这些东西创作出了这一有能力向全球传递的宣传品。字体的处理，色彩的选择以及直观化的设计使这一项目具有非凡的感染力。

(bi)gital» [Suggestions]

····➤ Out for lunch

Absolut Vodka

The site of the vodka that became famous with its powerful graphic identity.

Heineken

For the Dutch beer lovers, a site where one can see images from different pubs where they drink Heineken.

Budweiser

One of the most popular American beers' site.

Welcome to Epicurious

Over 6,000 recipes from Bon Appétit and Gourmet at your fingertips ┐ alongside wine tips, restaurant and book notes and practical kitchen tips.

French wines and food

A place to learn about the worldwide famous French cuisine and wines.

Company Information
Where is Prairie Packaging?
Who is Prairie Packaging?

Products
A comprehensive directory of Prairie Packaging's product lines.

E-Mail Directory
A directory of E-mail addresses at Prairie Packaging.

Links to other resources
Other food-service related web sites.

FIELDWARE Mediumweight Cutlery

STOCK NUMBER	DESCRIPTION	LENGTH	CASE / PACK	CUBE
FW-MW	FORK	5-13/16"	1000 BULK	1.27
FW-KW	KNIFE	6-1/14"	1000 BULK	.65
FW-SW	TEASPOON	5-9/16"	1000 BULK	1.04
FW-SSW	SOUP SPOON	5-5/16"	1000 BULK	.97

- Break-Resistant Polypropylene
- Economical
- Practical
- Cross-Ribbed With Chamfered Handles For Strength

Available only in white

Info   Products   E-mail   Links

Prairieware, Meadoware and Fieldware are registered trademarks of Prairie Packaging, Inc.

WWW. PRAIRIEPACK. COM

设计公司: *GE Neise 数字媒体公司*
公司地址: *伊利诺伊州,芝加哥*
客户: *Prairie 包装公司*
客户地址: *伊利诺伊州,芝加哥*
艺术指导: *GE Neise*
设计者: *GE Neise*
插图者: *GE Neise*
摄影者: *GE Neise*
网络设计者: *GE Neise*
发行: 全球发行

产品的外观、耐久性以及风格都是设计者在这个简洁而震撼人心的网站所传递的信息。创作室拍摄下所有商品的照片并在室内进行处理,因此对客户没有额外的费用,这种直接而简单的设计方式不需要占用额外的创作时间,也不存在以后需要复杂的更新所花的费用。

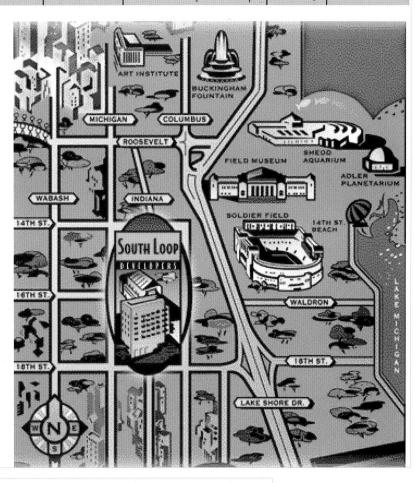

SOUTH LOOP DEVELOPERS

| Bicycle Station Lofts | Tandem Lofts | Builder's Story & Concept | Area Map | Contact Us |

The South Loop neighborhood is Chicago's most exciting new neighborhood. Just minutes from the Prairie Avenue Historic District, South Loop Developers is in the heart of an engaging new residential area.

WWW. SOUTH – LOOP. COM

设计公司: *GE Neise 数字媒体公司*
公司地址:*伊利诺伊州,芝加哥*
客户:*南环路开发公司*
客户地址:*伊利诺伊州,芝加哥*
艺术指导: *GE Neise*
设计者: *GE Neise*
插图者: *GE Neise*
摄影者: *GE Neise*
网络设计者: *GE Neise*
发行:*全球发行*

作为房地产开发商在芝加哥南郊开发项目的推销工具,浓烈的色彩,明快的造型传达了该网站的意图,而没有采用 Java scripting、GIF 动画或其他特技技术。

Information about Tandem Lofts, including floor plans will be here shortly...please check back soon!!

舒适的音乐

设计公司: *Bigital*
公司地址: *阿根廷,布宜诺斯艾利斯*
客户: *Soda Stereo*
客户地址: *阿根廷,布宜诺斯艾利斯*
艺术指导: *Tomás Garcia Ferrari, Carolina Short, Soda Stereo*
设计者: *Tomás Garcia Ferrari, Carolina Short, Gabriele Malerba (CD cover)*
程序设计者: *Tomás Garcia Ferrari, Carolina Short, André Mayo (CD mastering)*
发行: *全球发行*

　　该项目非常经济,主要是由于使用一段 VHS 格式的音乐电视录像,音乐电视特写了 Soda Stereo Unplugged 音乐会和后台的场景(另外附加的静物照片是设计者拍摄的)。创作室在一台 8500/150 和一台 6100/60 Power Macintosh 电脑上,用苹果媒体工具把录像带数字化,该工具编辑的数据可同时用于基于个人电脑和苹果电脑的软件而不需重新格式化。除发起的乐队外,苹果公司也为创作室提供了价值不菲的软件。

设计感觉

TESA is committed to excellence and growth
TESA's primary objective is to build
long-term relationships with its clients.

TESA is...

TESA Process

TESA Profile

Member Capabilities

Member Clients

Teams For Special Projects

TESA Core Values

How TESA Works

How to Join TESA

How to Contact TESA

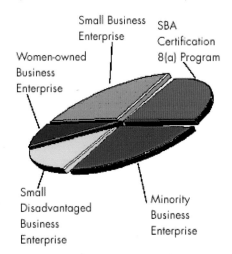

WWW. TESAINC. COM

设计公司: *GE Neise 数字媒体公司*
公司地址: *伊利诺伊州, 芝加哥*
客户: *Tesa 公司*
客户地址: *伊利诺伊州, 芝加哥*
艺术指导: *GE Neise*
设计者: *GE Neise*
插图者: *GE Neise*
网络设计者: *GE Neise*
摄影者: *GE Neise*
发行: *全球发行*

　　联合大企业的生产能力很难用图像生动描绘, 但该网站由于用一些简单的、色彩鲜明的元素, 如一个具有吸引力的标识、明亮的饼状图案和应用易于阅读的布局, 花钱很少就创作出了不同凡响的效果。

常用网站集锦

剪贴画集锦:
http://www.clipartconnection.com/

剪贴画评述:
http://www.webplaces.com/html/clipart.htm

免费剪贴画:
http://remcen.ehhs.cmich.edu/~cmslater/graphics.htm/

网页背景图像:
http://www.webplaces.com/html/colors.htm

网络工具箱:
http://inet.sdsu.edu/sp97/group16/lucia/webmast.htm/

网上工具箱(检查编码和断开的链接点):
http://www.netmechanic.com/

SUBMIT-IT(简化的搜索引擎通知单):
http://free.submit-it.com/

INTERNIC(如果知道域名即可查找):
http://rs.internic.net/cgi-bin/whois

DARKWING.UOREGON.EDU/~KWIANT

设计公司: *G*
公司地址: *俄勒冈州, 尤金*
客户: *反物质滥用小组*
客户地址: *俄勒冈州, 尤金*
艺术指导: *Gary Leung*
设计者: *Gary Leung*
插图者: *Gary Leung*
摄影者: *Miki Mace, Gary Leung, Nuri Kilani*
网络设计者: *Gary Leung*
程序设计者: *Gary Leung*
发行: *全球发行*

用中性的背景来衬托生动的照片,并在每一张网页上插有反复播放的 GIF 动画,设计者为这个非营利组织创作的网页,给人一种通俗易懂、前后一致的感觉。

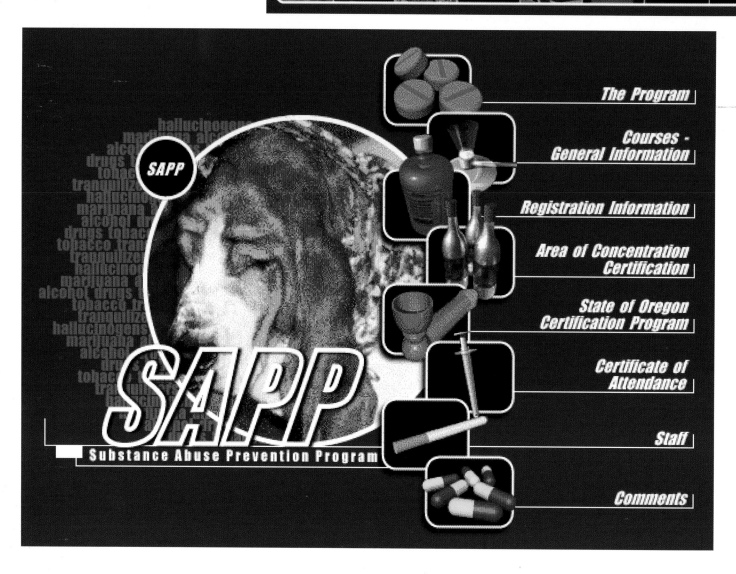

WWW.LASCRUCES.COM/~SWEAVERPHOTO

设计公司: *Scott Weaver 照片设计室*
公司地址:*新墨西哥州,拉斯克鲁塞斯*
客户: *Scott 编织图像设计室*
客户地址:*新墨西哥州,拉斯克鲁塞斯*
艺术指导: *Scott Weaver*
设计者: *Scott Weaver*
插图者: *Scott Weaver*
摄影者: *Scott Weaver*
网络设计者: *Scott Weaver*
发行:*全球发行*

在 1995 年末, 在线的摄影师/设计师对网络和 Adobe Photoshop 还一无所知。后来,他们通过自学,自己编程设计了自己的网站, 极大的降低了向全球做市场宣传的成本。

shockwave   netscape

Welcome to the master page of Garyster!
Some pages of my site are shockwave enhanced, so if you don't have shockwave plug-in, please download one from Macromedia. My site is also better viewed with Netscape 3.0 or higher version, and it can be downloaded from Netscape. Finally, if you have problem downloading any of my pages, try press the reload button. If it still doesn't work, please let me know, thank you!

-- Garyster --

i am ready

This document last modified on: 12.14.97 1:31pm
Copyright © 1997 Garyster

GLADSTONE. UOREGON. EDU / ~ GARYSTER

设计公司：*G*

公司地址：*俄勒冈州，尤金*

客户：*G*

客户地址：*俄勒冈州，尤金*

艺术指导：*Gary Leung*

设计者：*Gary Leung*

插图者：*Gary Leung*

摄影者：*Gary Leung*

网络设计者：*Gary Leung*

程序设计者：*Gary Leung*

发行：全球发行

　　设计者把他自己的网站和导航设计得干净利落而又简朴，因此节省了照片和插图这些额外成本的消耗。

小　窍　门

　　现在设计者很容易就能得到既便宜又功能强大的电脑，而且看起来像计算机绘制的光滑图像也越来越普遍。但是那些看起来像手工绘制的图像在我们每天所面对的图像海洋中显得更突出。

Environmental Awareness Program

Picture of Crater Lake is taken by Bernd Mohr

Coordinator: Mel Jackson

Listing of Past and Current Workshops

Bernd Mohr's Oregon Picture Album

An Interactive Version of This Site

Eugene Programs

Continuation Center Home Page

The **Environmental Awareness Program** crosses several disciplines to provide a well-rounded, field-based learning opportunity designed to enhance participants' sensitivity to our environment. This program relies on first hand experience at field-lab sites including the Oregon coast, rivers, mountains, and deserts. Excursions to sites such as scenic Crater Lake help to reinforce material covered in the classroom. Most workshops last three days and usually include the weekend in order to accomodate the schedules of both full-time students and working professionals in the Eugene/Springfield community.

Oregon has some of the most exciting and varied field-labs in the country, from the smallest algae, lichens and ferns, to majestic mountains, lakes and rivers. The opportunity for environmental study is superb. The broad diversity and close proximity of resources such as the Pacific Ocean, volcanic Cascades, the high desert and Crater Lake make it possible to use the resources of Oregon as field-labs, to allow students personal contact with the environment, and to create an awareness, consciousness and sensitivity to that environment.

The **Environmental Awareness Program** gives students a rare opportunity to truly understand the many facets of our region. Students will be close to the things they study: seeing, smelling, hearing and touching in order to gain a wide perspective and a magical appreciation for Oregon.

Through the best information available and on-site, visual and sensory images, we hope to provide a fundamental "frame of reference" for informed decision making. We will examine many sides of environmental issues including advantages and disadvantages of past and current decisions concerning our natural resources. We want to showcase opportunities for recreation and further study, and show the results of human action and activity on specific areas. Our objective is to develop an environmental ethic that assists people in making more informed decisions about the places they live. We continue to explore field-lab areas and add additional information to the curriculum. We are committed to creating workshops that fit students' educational needs.

CENTER. UOREGON. EDU/EUGENE/
ENVAWARE/ENVAWARE. HTML

设计公司：G
公司地址：俄勒冈州,尤金
客户：环境保护小组
公司地址：俄勒冈州,尤金
艺术指导：Gary Leung
设计者：Gary Leung
插图者：Gary Leung
摄影者：Gary Leung
网络设计者：Gary Leung

程序设计者：Gary Leung
发行：全球发行

　　该网站着眼于俄勒冈的自然环境,反映该地区丰富的水源与宽阔的天空。由于这是一个文本很多的站点,因此色调为淡色,提供的图片也是简单而直接的。该站点没有任何复杂的编码,成本效率极高。

RAPSHEET
FUNNY PAPERS
SHOOTING GALLERY
MERCTOWN

CREATIVE. DESIGN. MULTIMEDIA.

RAPSHEET

FUNNY PAPERS

SHOOTING GALLERY

MERCTOWN

RogueMedia is a digital media design studio providing high-energy digital media in the forms of multimedia, digital design and electronic art. Based in **Hong Kong**, we are a team of specialists, heralding in the new electronic era to Asia and around the world.

RogueMedia covers the digital spectrum from **graphic design**, **3-D rendering**, **web-programming**, **multimedia authoring**, **video editing**, **electronic illustration**, **digital imaging**, **animation development** to **dynamic media consulatation**, **marketing**, **sales** and **promotion**. **RogueMedia** handles your digital media needs from start to finish.

Take a tour of our virtual studio through this web-site and see what we have to offer your future!

WWW. ORGUEMEDIA. COM. HK

设计公司：*Roguemedia*
公司地址：香港
客户：*Roguemedia*
客户地址：香港
艺术指导：*Casey Lau*
设计者：*Casey Lau*
插图者：*Casey Lau*
摄影者：*Casey Lau*
网络设计者：*Casey Lau*
程序设计者：*Casey Lau*
发行：全球发行

　　这个非同凡响、充满生机的在线艺术家代表作品集的制作，除使用传统的图像处理软件外全是免费和共享软件。甚至在每一页上都有简单而高效的 GIF 动画也是用免费软件制作。在以时间和人力来共同维持该网站运作的同时，服务器租金是惟一需计入成本预算的因素。

设计公司:*伊曼媒体设计公司*
公司地址:*佛罗里达州,西棕榈滩*
客户:*伊曼媒体设计公司*
客户地址:*佛罗里达州,西棕榈滩*
艺术指导:*Tom Osborne*
网络设计者:*Tom Osborne*
程序设计者:*Eric Norstrom*
发行:*全球发行*

　　整个网站中出现了一系列的简单图标,它们随着图像被检测到的时间顺序以动画的形式生动地、易于辨认地显示出来。浏览者可以通过或宽或窄的带宽欣赏到网站中创作室及其代理公司的代表作,网页中醒目的色彩和强烈的意象自然地传递给了浏览者。网站中未使用 GIF 和 Java scripting 动画,这样就不会把没有多少技术基础的浏览者拒之门外。

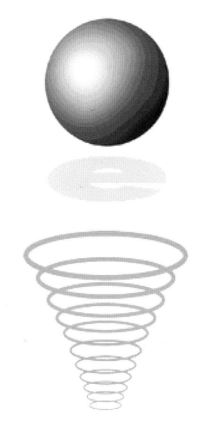

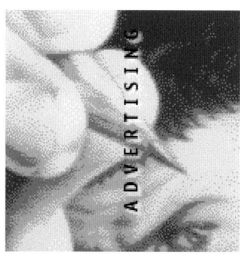

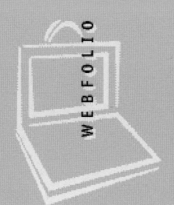

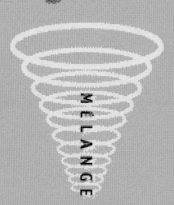

eman communications design, inc.

west palm beach, fl || phone 561.835.4758 || fax 561.835.0413 || email ecd@eman.com

capabilities || webfolio || advertising || profile || contact || mélange

KRAVIS CENTER

now playing

ROGER WHITTAKER'S
"FAMILY CHRISTMAS"

WIN TICKETS

WHAT'S PLAYING

Calendar
Alphabetical List
Show Search
Box Office Info
Order Tickets

EDUCATION & OUTREACH

Teachers
Students
Performances

ABOUT THE CENTER

Helpful Facts & Info
Directions
History
Venues & Facilities
Virtual Tour
Seating Charts
Dreyfoos Hall
GosmanAmphitheatre
Rinker Playhouse
Cohen Pavilion
Café Teatro
People
Officers & Board
Staff
Job Opportunities

show place

THE 1997-98 KRAVIS CENTER SEASON

NEW ADDITION: **James Brown** will be performing in the Dreyfoos Hall on Sunday, January 4th at 8pm

---

WWW. KRAVIS. ORG

设计公司:*伊曼媒体设计公司*

公司地址:*佛罗里达州,西棕榈滩*

客户: *Raymond F. Kravis* 表演艺术中心

客户地址:*佛罗里达州,西棕榈滩*

艺术指导: *Tom Osborne*

网络设计者: *Tom Osborne*

程序设计者: *Eric Norstrom*

发行:*全球发行*

　　为了适应发生在该文化中心不同年龄阶段的人的各种活动,网站采用一种简明的代号来作为活动的标志。这个非营利性组织的音乐会日程、票务信息、座位安排和教育节目都在网上,甚至还有该中心的网上虚拟旅行。

Helpful Facts & Services

Directions

Parking

Services for Persons
with Disabilities

Tours

Gift Certificates

Groups

General Information

Facts & Figures

T E A M ORACLE

the official dcu-l website

TO VEIW THIS
PAGE. NETSCAPE
4.0 OR ABOVE IS
RECOMMENDED.

JONNY DC

WWW. GEOCITIES. COM/AREA51/3445(TEAM ORACIE)

设计公司: *Lev Kalman 设计公司*
公司地址:*康涅狄格州, 斯坦福*
客户: *Oracle 小组*
客户地址:*康涅狄格州, 斯坦福*
艺术指导: *Lev Kalman*
设计者: *Lev Kalman*
插图者:*很多*
网络设计者: *Lev Kalman*
发行:*全球发行*

　　新买的一台扫描仪与 Adobe Photoshop 和
Illustrator 软件联合运用, 花钱很少就设计出了
这个网站。站上的 GIF 动画是利用互联网免费
下载的, 甚至它的存储空间也是服务商免费提
供的 5M 空间。

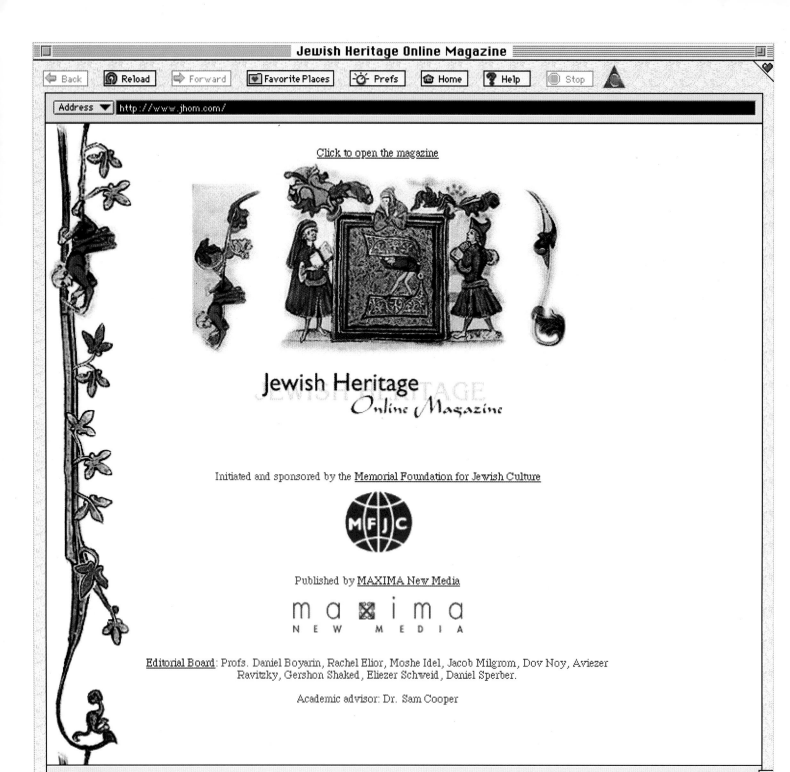

Back   Reload   Forward   Favorite Places   Prefs   Home   Help   Stop

Address ▼   http://www.jhom.com/

Click to open the magazine

Jewish Heritage
Online Magazine

Initiated and sponsored by the Memorial Foundation for Jewish Culture

MFJC

Published by MAXIMA New Media

maxima
NEW MEDIA

Editorial Board: Profs. Daniel Boyarin, Rachel Elior, Moshe Idel, Jacob Milgrom, Dov Noy, Aviezer
Ravitzky, Gershon Shaked, Eliezer Schweid, Daniel Sperber.

Academic advisor: Dr. Sam Cooper

WWW. JHOM. COM

设计公司 : *Maxima 新媒体设计公司*
公司地址 : *以色列, 科特胡瓦耶尔*
客户 : 犹太文化纪念基金会
客户地址 : 纽约州, 纽约市
艺术指导 : *Orit Kariv – Manor*
设计者 : *Simcha Shtull*
程序员 : *Itamar Shtull – Trauring*
发行 : 全球发行

该网站那些引人入胜的内容是以利润分成或者为其它公司产品作宣传为交换条件而免费获得的。该站的基础结构软件由于公司原先已经使用该软件而有权在该网站中免费使用的。这就充分利用了这一低成本、高效能的软件。该网站还大量使用剪贴画作为项目标志和导航条。

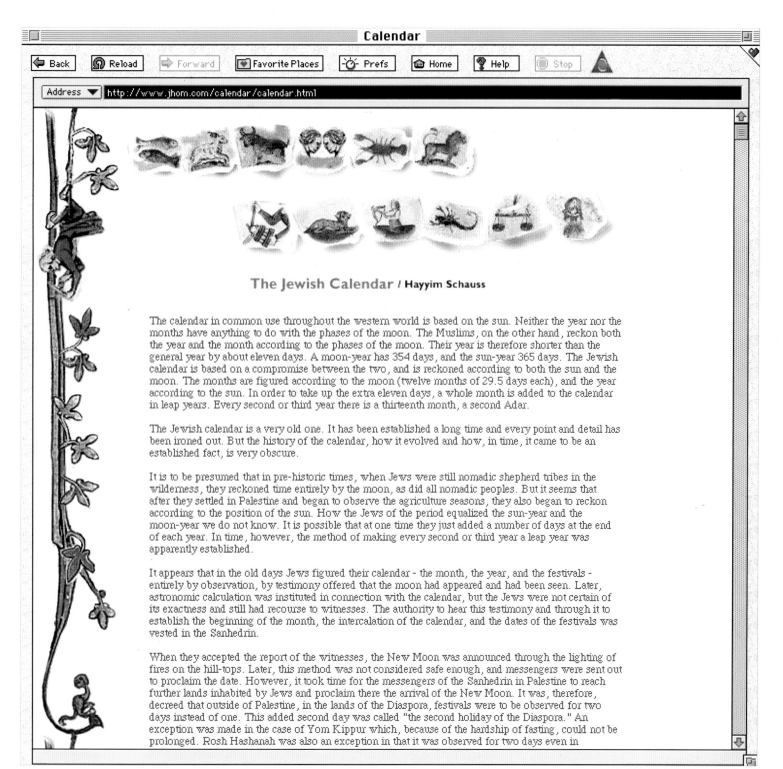

Calendar

Address ▼ http://www.jhom.com/calendar/calendar.html

The Jewish Calendar / Hayyim Schauss

The calendar in common use throughout the western world is based on the sun. Neither the year nor the months have anything to do with the phases of the moon. The Muslims, on the other hand, reckon both the year and the month according to the phases of the moon. Their year is therefore shorter than the general year by about eleven days. A moon-year has 354 days, and the sun-year 365 days. The Jewish calendar is based on a compromise between the two, and is reckoned according to both the sun and the moon. The months are figured according to the moon (twelve months of 29.5 days each), and the year according to the sun. In order to take up the extra eleven days, a whole month is added to the calendar in leap years. Every second or third year there is a thirteenth month, a second Adar.

The Jewish calendar is a very old one. It has been established a long time and every point and detail has been ironed out. But the history of the calendar, how it evolved and how, in time, it came to be an established fact, is very obscure.

It is to be presumed that in pre-historic times, when Jews were still nomadic shepherd tribes in the wilderness, they reckoned time entirely by the moon, as did all nomadic peoples. But it seems that after they settled in Palestine and began to observe the agriculture seasons, they also began to reckon according to the position of the sun. How the Jews of the period equalized the sun-year and the moon-year we do not know. It is possible that at one time they just added a number of days at the end of each year. In time, however, the method of making every second or third year a leap year was apparently established.

It appears that in the old days Jews figured their calendar - the month, the year, and the festivals - entirely by observation, by testimony offered that the moon had appeared and had been seen. Later, astronomic calculation was instituted in connection with the calendar, but the Jews were not certain of its exactness and still had recourse to witnesses. The authority to hear this testimony and through it to establish the beginning of the month, the intercalation of the calendar, and the dates of the festivals was vested in the Sanhedrin.

When they accepted the report of the witnesses, the New Moon was announced through the lighting of fires on the hill-tops. Later, this method was not considered safe enough, and messengers were sent out to proclaim the date. However, it took time for the messengers of the Sanhedrin in Palestine to reach further lands inhabited by Jews and proclaim there the arrival of the New Moon. It was, therefore, decreed that outside of Palestine, in the lands of the Diaspora, festivals were to be observed for two days instead of one. This added second day was called "the second holiday of the Diaspora." An exception was made in the case of Yom Kippur which, because of the hardship of fasting, could not be prolonged. Rosh Hashanah was also an exception in that it was observed for two days even in

The Life and History of the Jews

Beth Hatefutsoth

The Nahum Goldmann Museum of the Jewish Diaspora

- *Multimedia Series* -

Timeline

The People

Eastern Europe

Culture and Literature

Among the Nations

Movements

WWW. MAXNM. COM

设计公司: *Maxima 新媒体设计公司*
公司地址: *以色列, 科特胡瓦耶尔*
客户: *犹太文化纪念基金会*
客户地址: *纽约州, 纽约市*
艺术指导: *Orit Kariv – Manor*
设计者: *Simcha Shtull*
程序员: *Itamar Shtull – Trauring*
发行: *全球发行*

由于该公司是一些主要出版社和机构的合作伙伴，网站的内容以利润分成或者为其他公司产品作宣传为交换条件而免费获得的。该网站还大量使用剪贴画来作为项目标志和导航条。

Timeline

| Centuries | 13th–15th | 16th | 17th | 18th–19th | 20th |

1666 Messianic fever and disappointment ————————

1648 Chmielnicki massacres ————————

———— 1580s Council of Four Lands instituted

1571 Ashkenazi Code of Jewish Law ————————

———— 1551 Charter of Sigismund Augustus

———— 1538 Anti-Jewish statutes enacted

Eastern Europe

包装卖点

绿色环保是包装卖点设计的关键。货架上物品的包装必须要有视觉吸引力。但是当货物被买来并打开后,包装却又都成了废品。因此与其创造将来要埋入地下的垃圾,不如学习更为有效的设计方案。它选用回收的或可以回收的材料制成,印上有强烈效果的图像。

与 20 世纪 70 年代昂贵的 Kromekote 纸和成型塑料不同,这些容器相对来说更加环保。这种方案也很便宜,因为他们主要依靠使用现成的箱子和袋子,而不用专门订做。

ALBA 校办葡萄酒厂

设计公司 : *Charney 设计公司*
公司地址 : *加利福尼亚州,圣克鲁斯*
客户 : *Alba 校办葡萄酒厂*
客户地址 : *加利福尼亚州,斯科茨山谷*
艺术指导 : *Carol Inez Charney*
设计者 : *Carol Inez Charney*
摄影者 : *Susan Friedman*
发行量 : *300 份, 当地发行*

不断改善和进化的数字印刷可以很经济地印出幅面有限的作品,而不影响设计方案的实施。这些葡萄酒瓶的标签就是用 Scitex Spontane 彩色印刷机直接印在标签纸上的。

万能钥匙光盘

设计公司: *Sagmeister 公司*
公司地址: *纽约州, 纽约市*
客户: *Motel Records*
客户地址: *纽约州, 纽约市*
艺术指导: *Stefan Sagmeister*
设计者: *Stefan Sagmeister, Veronica Oh*
插图者: *Eric Sanko, Stefan Sagmeister*
发行量: *5000 份, 全球发行*

该光盘的包装采用的是黑白的薄纸板。

NOVELL 包装系列／NOVELL SALES TOOLS 软件的包装／
NOVELL MANAGE WISE 软件的包装

设计公司：*Hornall Anderson* 设计公司
公司地址：*华盛顿州,西雅图*
客户：*Novell 公司*
客户地址：*犹他州,盐湖城*
艺术指导：*Jack Anderson*
设 计 者：*Jack Anderson, Larry Anderson,*
Jana Wilson, Heidi Favour, Debra Hamp-
ton, Nicole Bloss
发行：*全球发行*

　　任何包装设计方案最需深思熟虑的地方在
于它的成本效益和绿色环保。产品的包装箱必
须具有在货架上的视觉吸引力，但当产品被买
走打开后，包装箱却变成了垃圾。利用牛皮纸的
本色，配上吸引人的又不太复杂的色调，这样的
包装具有独特的展示效果。并且与它昂贵的前
身——70 年代的 Kromekote 纸相比，这些回收的
或可回收的箱子不愧是物美价廉包装的理想选
择。同时，选择这样的纸张也是一种不错的环境
保护方案。

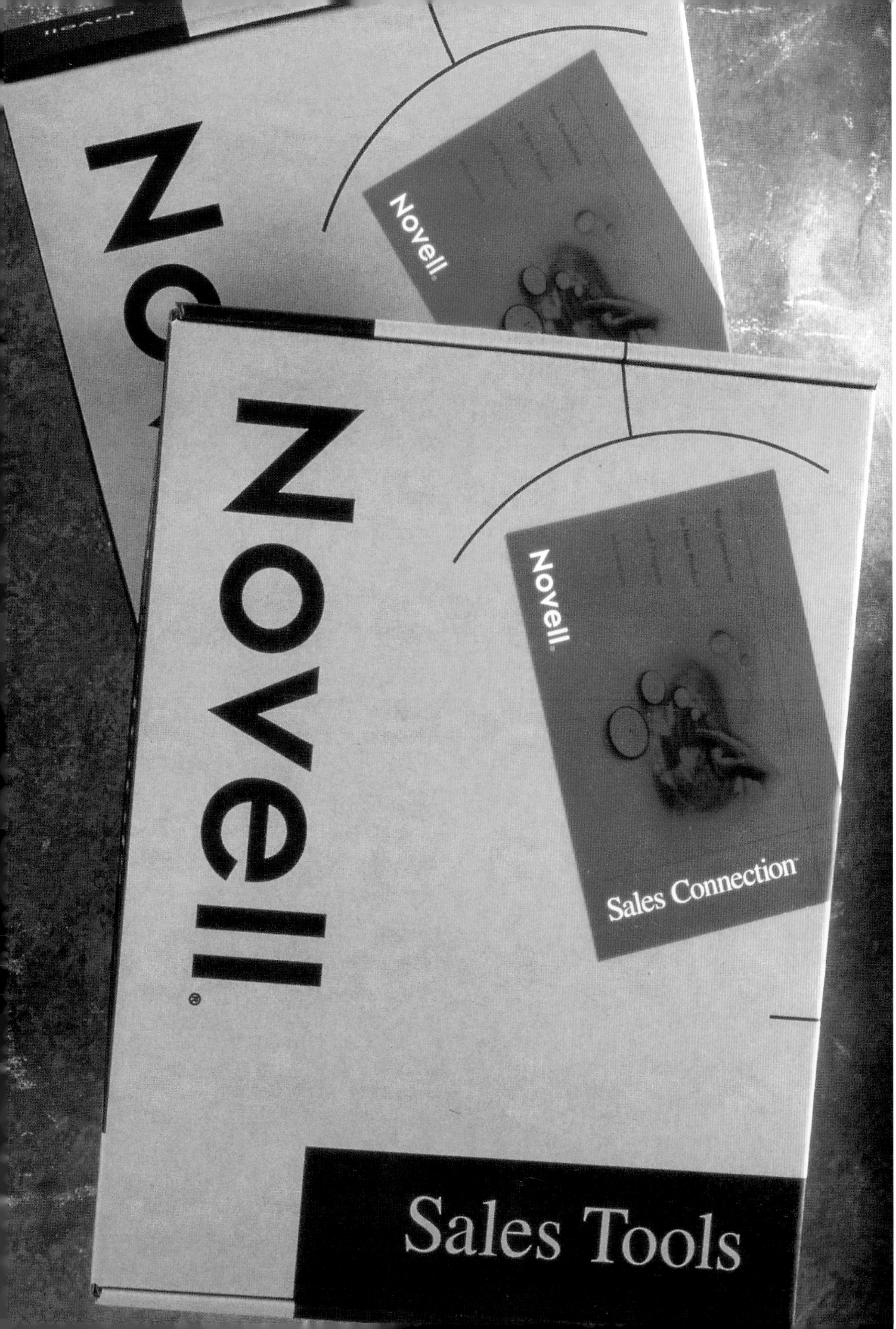
Novell
Novell
Sales Connection
Novell
Novell
Sales Tools

SEL DES MARÉES 产品包装

设计公司：*Sayles 图像设计公司*
公司地址：*艾奥瓦州，得梅因*
客户：*Gianna Rose*
客户地址：*加利福尼亚州，喷泉谷*
艺术指导：*John Sayles*
设计者：*John Sayles*
插图者：*John Sayles*
发行：*全国发行*

　　小型化的包装不仅是正确的环保型设计，而且在经济方面也是英明的选择。该包装的纸张选用羊皮纸，印刷用两种 PMS 色，密封用带子手工捆扎。

OXO 牌夹子包装盒

设计公司: *Hornall Anderson 设计公司*
公司地址:*华盛顿州,西雅图*
客户: *OXO 国际公司*
客户地址:*纽约州,纽约市*
艺术指导: *Jack Anderson*
设计者: *Jack Anderson, Heidi Favour, David Bates*
摄影者: *Tom Collicott*
发行:*全球发行*

与 Noveli 系列包装相似,该包装的设计方案采用回收的和可回收的牛皮纸,暴露它的自然本色。醒目的设计一定能够提高它在货架上的吸引力。

小窍门

　　客户的照片档案是你获得免费可视图片用来插入你的设计当中的宝库。你应该毫不犹豫地向你的客户索取。

TERRA SKETCH 写生本

设计公司:*泥潭设计室*
公司地址:*加利福尼亚州,圣地亚哥*
客户:*Found Stuff 纸品厂*
客户地址:*加利福尼亚州,圣地亚哥*
艺术指导:*José A. Serrano*
设计者:*José A. Serrano, Miguel Perez*
插图者:*Tracy Sabin*

发行量:*2000 份,全国发行*

该项目的产品和包装的生产成本都很低,这样不仅省了钱,而且有利于环境保护。因为该写生本的主要原料采用棉花植株的有机剩余物,而不是选用昂贵的木浆。大写生本的封面也是完全采用这种有机原料制成。这种方式不仅

可以降低包装的成本,也能在消费者的头脑里留下该种纸的原料的印象。节约成本还可见于包装的标签,挂签,和小写生本的封面的设计。整个项目均选用回收纸,三种 PMS 色印刷,油墨用豆油基而不用石油基。

BODY GLOVE 冲浪板

设计公司:*泥潭设计室*

公司地址:*加利福尼亚州,圣地亚哥*

客户:*Voit 运动器材厂*

客户地址:*加利福尼亚州,卡尔斯巴德*

艺术指导:*José A. Serrano*

设计者:*José A. Serrano, Miguel Perez*

摄影者:*Carl Vanderschuit*

发行量:*全国发行*

　　瓦楞纸板与黑色的和有金属光泽的银色油墨组成的色调,不仅大大地降低了包装的成本,而且粗犷的视觉效果对热爱此运动的观众有很强的吸引力。

BISCOTTI DI LASCA 产品包装

设计公司: *Lambert 设计室*
公司地址: *得克萨斯州,达拉斯*
客户: *Nell 糕点公司*
客户地址: *得克萨斯州,肯尼迪*
艺术指导: *Christie Lambert*
设计者: *Christie Lambert*
插图者: *Joy Cathy Price*
摄影者: *James Elliott*
发行量: *4000 份(每种口味各1000
份),全国发行*

　　客户需要为他的新的饼干生产线
准备便宜的包装。因此,设计创作室选
用了一张没有印刷任何东西的纸作为
装饰和保护用纸,并与标签连用。四种
口味的标签各不相同。包装纸在切纸
机上裁开,而不用模切,主要是为了进
一步降低这种小规模项目的成本。

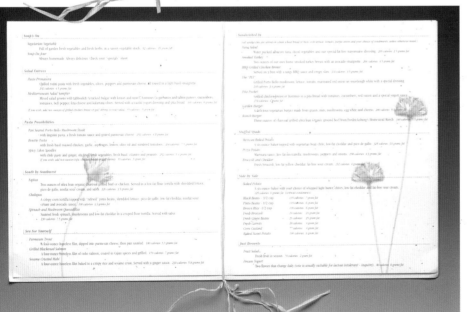

SPA 菜单

设计公司: *Powell* 设计室
公司地址: *得克萨斯州,达拉斯*
客户: *奥斯汀 Spa 湖旅游区*
客户地址: *得克萨斯州,奥斯汀*
艺术指导: *Glyn Powell, Dorit Suffness*
设计者: *Dorit Suffness*
摄影者: *Jean Ann Bybee*
发行量: *250 份,当地发行*

　　一张邀请菜单的封面与内容必须比饭店日常提供的菜单要丰富一些：它必须传达烹饪的风味。为了节省这种新鲜的、自然的、健康的设计费用，设计者把一些天然的因素和成本效益结合在一起。天然的因素如干花，成本效益因素如极小的真彩的虹彩印刷的双色封面。该封面选用非涂布的文化用纸，它由廉价的热压层处理而成。里面可更换的双色菜单用一束天然的酒椰纤维绑在封面上。内部排版用到的干花艺术作品图像是在平台扫描仪上扫描得到的。

给人以机会比给人以财富更重要
(It is Less inportant to redistribute wealth than it
is to redistribute opportunity)。

——H. Vandenberg

招贴画与广告牌

招贴画和广告牌的生产和搬运都很费钱，因此在提出设计方案的时候必须慎重地考虑它的经济性。目前，用现成的图像，自己邮寄模板的趋势在招贴画设计中很盛行。

一些过去流行的印刷和生产技术现在也被用来创作强有力的、但预算低的项目。在有色纸板上的双色丝网印刷技术可以追溯到20世纪50和60年代，但该技术在后意识文化中又呈现出新的面貌。用深红色覆盖物的手工分色，尽管不能在双色招贴画上套印，但由于有合适的图像，整个效果也很动人，而且生产很便宜。在一张黑白印刷的作品上手工染以淡色，加上彩色的标记和水彩，就能以最短的时间得到独具特色的四色结果。

其他学科

设计公司: *J. Graham Hanson* 设计室
公司地址: *纽约州, 纽约市*
客户: *AIGA / NY*
客户地址: *纽约州, 纽约市*
设计者: *J. Graham Hanson*
摄影者: *J. Graham Hanson*
发行量: *3000 份, 区域发行*

大幅面的招贴画生产和搬运都很昂贵，因此在设计中，每一步都必须慎重考虑其经济性。这份自己邮寄的招贴画正是一个例子。设计者亲自拍摄了一张当地建筑工地上的铁丝网围墙的照片，并把图片中的一小部分细节应用于这个有强烈效果的、双色的作品中，而没有雇专人去拍摄和购买别人图片的版权。

Other Disciplines:

Paola Antonelli
Duane Michals
James Stewart Polshek

The American Institute of Graphic Arts
New York Chapter, present
Other Disciplines in Context

Wednesday, October 18, 1995
7:00 in the evening
Fashion Institute of Technology
Katie Murphy Amphitheatre
227 West 27th Street at Seventh Avenue
New York City

AIGA/NY Members $10
General Public $15
AIGA/NY Student Members $5
FIT Students free with valid ID

AIGA**NY**

in Context

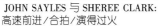

JOHN SAYLES 与 SHEREE CLARK:
高速前进/合拍/演得过火

设计公司:*Sayles 图像创作室*
公司地址:*艾奥瓦州,得梅因*
客户:*各种专业集团*
客户地址:*密歇根州,底特律;艾奥瓦州,锡达拉皮兹;艾奥瓦州,迪比克*
艺术指导:*John Sayles*
设计者:*John Sayles*

插图者:*John Sayles*
发行量:*250 份,当地发行*

　　这份 John Sayles 与 Sheree Clark 的演唱会的招贴画系列由于采用在有色纸上的单色丝网印刷而大大降低了这个招贴画的印刷成本。每一个开玩笑似的标题和插图都与地点有关。例如,"高速前进"就是对举办地底特律汽车工业的赞许。

The Village   1616 Butler   West Los Angeles, CA 90025

村庄招贴画

设计公司：*Mike Salisbury* 媒体公司
公司地址：*加利福尼亚州,托兰斯*
客户：*村庄*
客户地址：*加利福尼亚州,西洛杉矶*
艺术指导：*Mike Salisbury*
设计者：*Mike Salisbury*
插图者：*Mike Salisbury*
摄影者：*Mike Salisbury*
发行量：*5000 份,区域发行*

一张多幅彩色图像的集成照片被用做该充满生机的招贴画的焦点，其风格酷似艺术家 David Hockney 的一幅作品。设计者亲自拍摄这些照片以降低整个费用。

小 窍 门

任何项目都最好从单色开始。如果单色的方案就已经能够表达清楚，那么在此基础上的设计就将显得更加美观而价廉。

电站的招贴画

设计公司：*Mike Salisbury* 媒体公司
公司地址：*加利福尼亚州，托兰斯*
客户：*电力局*
客户地址：*加利福尼亚州，洛杉矶*
艺术指导：*Mike Salisbury*
设计者：*Dave Willardson Associates*
发行：*区域发行*

　　要经济合理地创作一个设计项目的便利途径就是限制设计费或者以客户服务来交换。在这个案例中，设计工作室以服务交换费用，创作出了这个很有特色的宣传招贴画和当地电力局的户外标志牌。

NOW AT
WARNER CENTER
AMC 16.

OUR PEPPERS
ARE SO FRESH,
THEY ARE
STILL WARM
FROM THE SUN.

Baja Bud's
DEL NORTE
WINNETKA AND VENTURA

NOW AT
WARNER CENTER
AMC 16.

BEST
TACO
IN THE
CITY.

—RICK DEES
KIIS FM

Baja Bud's
DEL NORTE
WINNETKA AND VENTURA

BAJA BUDS 招贴画运动

设计公司: *Mike Salisbury* 媒体公司
公司地址: *加利福尼亚州,托兰斯*
客户: *Baja Buds*
客户地址: *加利福尼亚州,洛杉矶*
艺术指导: *Mike Salisbury*
设计者: *Mary Evelyn McGough*
发行量: *100 份,当地发行*

低预算并不意味着设计者可以忘记
最基本的设计要素,如宣传活动的要素
就是持续性和品牌性。该设计具有一种
轮廓分明的风格、概念和色调,设计者提
出了一种并不需耗用大量预算而且容易
进行的活动方案。

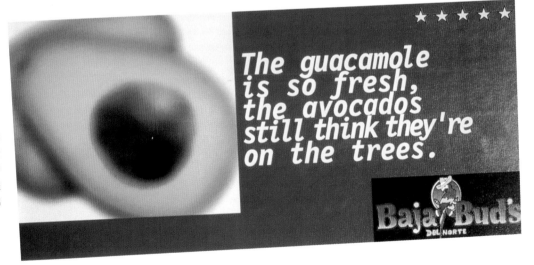

★ ★ ★ ★ ★

The guacamole
is so fresh,
the avocados
still think they're
on the trees.

Baja Bud's
DEL NORTE

NOW AT WARNER CENTER AMC 16.

NO LARD.
NO MSG.
NO JUNK.
NO WHERE.

WINNETKA AND VENTURA

PARK CITY PERFORMANCES PRESENTS

RUMORS
A FARCE BY NEIL SIMON

Directed by Toni Byrd
August 9 - September 21 Thursday thru Saturday Evening at 7:30 pm
Performed by Special Arrangement with Samuel French, Inc.
At the Historic Egyptian Theatre 328 Main Street, Park City

EGYPTIAN
THEATRE

GREATER TUNA

Written by Jaston Williams, Joe Sears, & Ed Howard. Starring: Gary Anderson and Geoff Spade. Directed by Tony Larimer
June 20 - July 26. Thursday, Friday, & Saturday evenings 7:30 pm (Opening night performance 6/20/97 begins at 8 pm)
Location: Santy Auditorium, Park City Education Center, 1255 Park Ave., Park City, UT
Tickets Available at Main Street Mall and Kimball Arts Center. For reservations call 649-9371
Produced by special arrangement with Samuel French, Inc.

PARK CITY
PERFORMANCES

埃及剧院的招贴画:
巨大的金枪鱼/流言

设计公司:*Weller* 设计学院
公司地址:*犹他州,奥克兰*
客户:*埃及剧院*
客户地址:*犹他州,帕克城*
艺术指导:*Don Weller*
设计者:*Don Weller*
插图者:*Don Weller*
发行量:*3000 份,当地发行*

一些过时的方法常常可以以经济的价格获得巨大的成功。在本例中,这些双色或三色的招贴画是采用黑色为底,深红色覆盖物作为第二种或第三种色彩的配色方案。图中强烈的、简单的设计和插图,即使是在有些地方套色不准或者印刷在劣质的涂布或非涂布纸上也同样美观。

DELEO CLAY TILE

ON THE ROAD TO ANOTHER BEAUTIFUL CLAY TILE ROOF

TEL: 909-674-1578

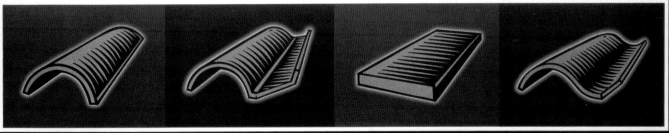

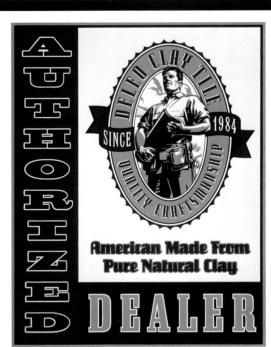

DELEO 泥瓦招贴画

设计公司:*泥潭设计室*
公司地址:*加利福尼亚州,圣地亚哥*
客户:*Deleo 泥瓦公司*
客户地址:*加利福尼亚州,莱克艾斯诺*
艺术指导:*José A. Serrano*
设计者:*Phil Fass, José A. Serrano, Eric Freedman*
插图者:*Nancy Stahl*
发行量:*1500 份,区域发行*

　　加利福尼亚的一家生产房屋用瓦的公司的布告和标志牌均采用三种 PMS 色的泥土色调。这种强烈的效果,使人联想到20世纪 30 年代以来的"工作进度管理"招贴画和广告,这种经济的活动也被注入到我们在此所见的经济的包装系统中。

March 1 and 2 — Special Inaugural Feature
TROUBLESOME CREEK: A MIDWESTERN (1996)
Directed by Jeanne and Russ Jordan
A moving documentary about an Iowa family fighting to save its farm from the big banks. An amazing story about ordinary people, and a loving, deep-rooted view of family life. Troublesome Creek tickets will be sold separately ($5 at the door).

March 9
SCENT OF GREEN PAPAYA (1994)
Directed by Tran Anh Hung
An exquisite film situated in 1950s Vietnam. A peasant girl brings "class" to an upper-class Saigon family. Serene, tranquil, and fragrant. In Vietnamese with English subtitles.

April 6
LIVING IN OBLIVION (1995)
Directed by Tom DiCillo
A hilarious comedy about making a low-budget movie where everything goes wrong. An irresistible, behind-the-scenes trip into film-making.

April 27
MI VIDA LOCA (MY CRAZY LIFE) (1994)
Directed by Allison Anders
Teenage life in the barrio. Shot in brilliant documentary-like style, the film is an honest portrayal of camaraderie and conformity on the streets of L.A.

May 4
MINA TANNENBAUM (1995)
Directed by Martine Dugowson
A major film on the meaning of friendship. Two awkward French girls who meet in ballet class come of age in the 1960s. In French with English subtitles.

The Sunday Series is brought to you by the **Cedar Arts Forum**, with support from the Cedar Falls Tourism & Visitors Bureau. **All films start at 7 PM** at the **Oster Regent Theatre**, 103 Main Street, Cedar Falls. *Subscription tickets are $12 for four films, $8 for students.
Tickets can be purchased at The Oster Regent Theatre, Cup of Joe, Henry W. Myrtle Gallery, and Bagels and More (in Waterloo). Individual tickets will also be sold at the door.
*Troublesome Creek tickets will ~~be sold separa~~tely ($5 at the door).

周日系列

设计公司：*Philip Fass*
公司地址：*艾奥瓦州，锡达福尔斯*
客户：锡达艺术论坛
客户地址：*艾奥瓦州，滑铁卢*
艺术指导：*Phil Fass*
设计者：*Phil Fass*
发行量：*4000 张卡，600 张招贴画：区域发行*

印成黑色的电影节招贴画与七张对等的明信片集成印刷在同一张印刷纸上。客户不用付两次印刷的费用，只需花一小笔钱把它裁开就行了。

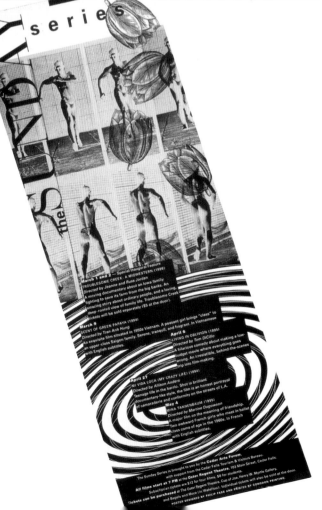

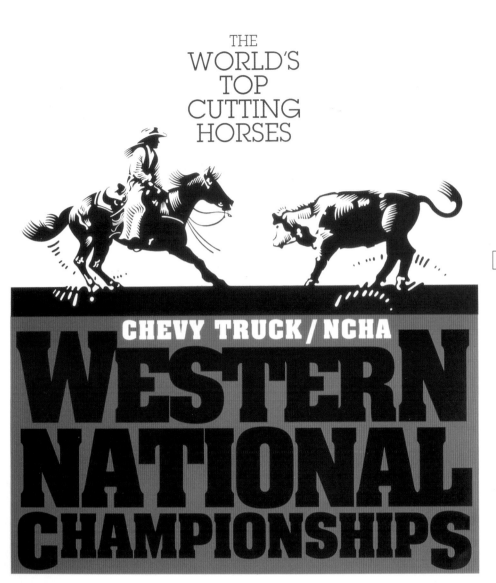

THE
WORLD'S
TOP
CUTTING
HORSES

CHEVY TRUCK / NCHA
WESTERN
NATIONAL
CHAMPIONSHIPS

APRIL 27 TILL MAY 4
GOLDEN SPIKE ARENA
OGDEN, UTAH

CUTTING BEGINS AT 8 AM DAILY. ADMISSION IS FREE EXCEPT FOR THE FINALS.

AN ACTION PACKED SPORT
WESTERN TRADE SHOW DAILY

FOR TICKET INFORMATION
CALL 1-800-44ARENA

西部全国锦标赛招贴画

设计公司 : *Weller 设计学院*
公司地址 : *犹他州, 奥克兰*
客户 : *全国 Outting 联合会*
客户地址 : *得克萨斯州, 沃思堡*
艺术指导 : *Don Weller*
设计者 : *Don Weller*
插图者 : *Don Weller*
发行量 : *2000 份, 当地发行*

　　通常, 解决生产设计中的经济问题的关键还在于设计本身。这幅招贴画只用了两种色彩, 主要是依靠字体和插图, 就把世界最高水平的 Cutting 马的竞技特征生动的表现了出来。字体和插图均模仿"古西部"的风格, 而未用剪贴画或无版权限制的木刻字体。不采用精美而昂贵的色彩和印刷技术, 画中的每一个元素照样有传递信息的视觉力量。

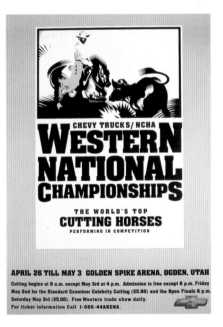

7

公益广告

除了传递最需要的美好愿望外，公益广告还为设计室和代理商提供了一个试验新的设计手段的空间。正如一句古老的格言所说"需要是发明之母"。有限的设计费用和低的生产预算自然也为设计者提供了发挥聪明才智的空间。

发现目标、扫描图像（把目标物直接放在平台式扫描仪上然后扫描出彩色图像）、手工整理、廉价的特殊印刷方式和有限的配色方案就是受到优待的慈善事业的设计方案的有力设计工具。

工艺纸厂的展览架

设计公司：*Lorenc 设计室*
公司地址：*佐治亚州, 亚特兰大*
客户：*工艺纸厂*
客户地址：*佐治亚州, 亚特兰大*
艺术指导：*Jan Lorenc*
设计者：*Jan Lorenc, Xenia Zed, Ben Apfelbaum*
插图者：*Jan Lorenc*
摄影者：*Jan Lorenc*
发行：*全国发行*

那些频繁参加交易展览的客户常常需要展览设计。这幅陈列在美国博物馆展会上的木质展览架仅仅花费 500 美元。由于客户给定的预算很低，设计者就到乡村的废品收购站去购买用过的梯子、电线、旗帜、灯和雨伞，几乎没花钱。利用客户扔掉的普通纸和特殊的工艺纸样品组成的整个集成艺术品，证明只要机敏灵活地运用聪明才智是可以克服生产中所需的额外费用的。

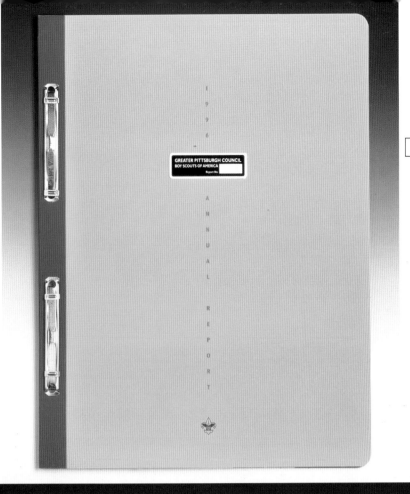

1996 年年度报告

设计公司：*John Brady 设计咨询公司*
公司地址：*宾夕法尼亚州,匹兹堡*
客户：*匹兹堡上议会／美国童子军*
客户地址：*宾夕法尼亚州,匹兹堡*
艺术指导：*John Brady*
设计者：*Jim Bolander*
发行量：*1500 份,当地发行*

　　这份著名的年度报告的图片费用由于
选用的照片和扫描图像版权已经解除而得
到了降低。所有的印前工作都在店内完成,
因此省去了出外印前服务的费用。里面装
的东西(纸袋,宣传信,账目单)只要有可能
均以客户提供的原始形式提供。校对、整
理、盖章和装订完成也都是在 John Brady 设
计咨询公司内完成。

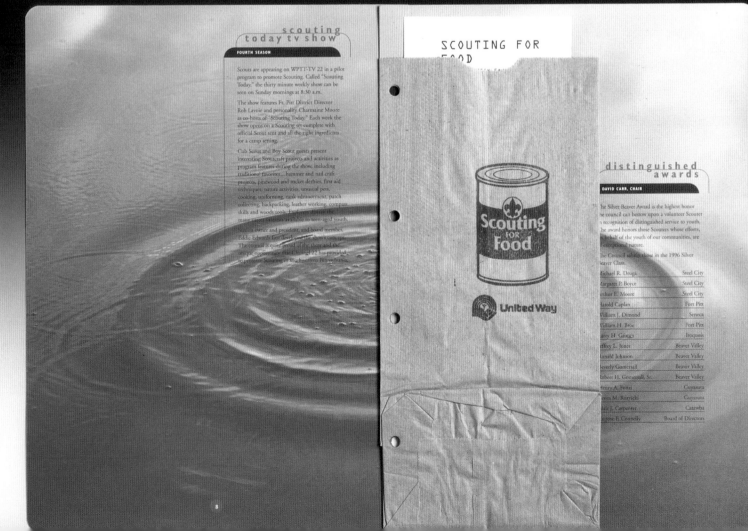

孩子在心中

设计公司: Sayles 图像设计室

公司地址: 艾奥瓦州, 得梅因

客户: 美国爱心协会

客户地址: 艾奥瓦州, 得梅因

艺术指导: John Sayles

设计者: John Sayles

插图者: John Sayles

发行量: 500 份, 区域发行

机敏的创作在这个募集基金的项目中也发挥了作用。除了选择在印刷材料上经济的双色印刷和选用现成的纸箱外, 设计者还在包装中装入了一套单色丝网印刷的 tic－tac－toe 风格的游戏木块。这种好玩的奖品取代了以前送给捐款者的昂贵的"谢谢您"的徽章。

拉古纳艺术博物馆标识

设计公司：*Mike Salisbury 媒体公司*
公司地址：*加利福尼亚州,托兰斯*
客户：*拉古纳艺术博物馆*
客户地址：*加利福尼亚州,拉古纳滩*
艺术指导：*Mike Salisbury*
设计者：*Mike Salisbury*
插图者：*Brian Sisson*
发行：*当地发行*

　　这份公益性质的公司标识项目依靠三色调色板与丝网印刷的相互作用而降低了生产成本。它可以广泛用于信头、卡片、信封和其他需要的地方。

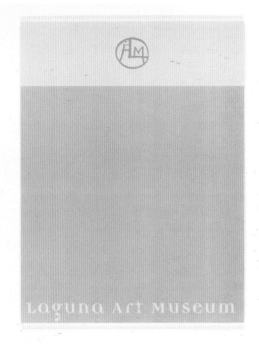

ORANGE COUNTY

museum of art

桔子县艺术博物馆

设计公司：*Mike Salisbury* 媒体公司
公司地址：*加利福尼亚州,托兰斯*
客户：*桔子县艺术博物馆*
客户地址：*加利福尼亚州,纽堡海滩*
艺术指导：*Mike Salisbury*
设计者：*Mike Salisbury*
插图者：*Bob Malle*
发行：*全国发行*

　　这份公益性质的公司标识设计把注意力集中在了整个包括标志和字体的选择上。整个图像都用对比分明的黑白色印刷。

ORANGE
COUNTY

museum
of art

ORANGE
COUNTY

museum
of art

NAOMI VINE
Director

850 SAN CLEMENTE DRIVE NEWPORT BEACH CA 92660
ph 714 759 1122 fx 714 759 9130

ORANGE
COUNTY

museum
of art

850 SAN CLEMENTE DRIVE NEWPORT BEACH CA 92660 ph 714 759 1122 fx 714 759 5623

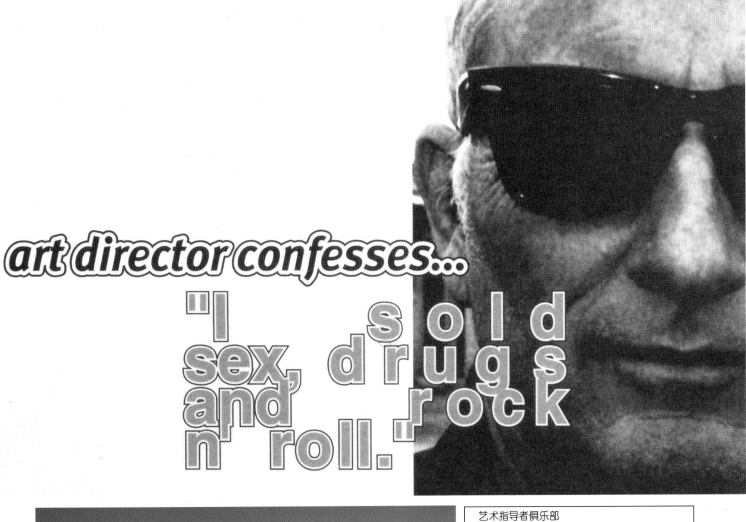

art director confesses...
"I sold sex, drugs and rock n roll."

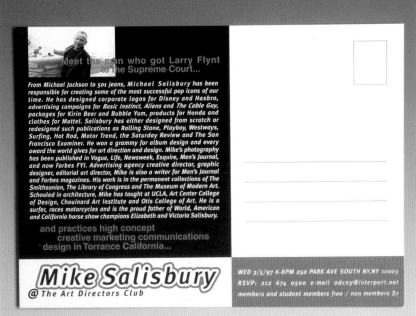

Meet the man who got Larry Flynt to the Supreme Court...

From Michael Jackson to 501 jeans, Michael Salisbury has been responsible for creating some of the most successful pop icons of our time. He has designed corporate logos for Disney and Hasbro, advertising campaigns for Basic Instinct, Aliens and The Cable Guy, packages for Kirin Beer and Bubble Yum, products for Honda and clothes for Mattel. Salisbury has either designed from scratch or redesigned such publications as Rolling Stone, Playboy, Westways, Surfing, Hot Rod, Motor Trend, the Saturday Review and The San Francisco Examiner. He won a grammy for album design and every award the world gives for art direction and design. Mike's photography has been published in Vogue, Life, Newsweek, Esquire, Men's Journal, and now Forbes FYI. Advertising agency creative director, graphic designer, editorial art director, Mike is also a writer for Men's Journal and Forbes magazines. His work is in the permanent collections of The Smithsonian, The Library of Congress and The Museum of Modern Art. Schooled in architecture, Mike has taught at UCLA, Art Center College of Design, Chouinard Art Institute and Otis College of Art. He is a surfer, races motorcycles and is the proud father of World, American and California horse show champions Elizabeth and Victoria Salisbury.

and practices high concept creative marketing communications design in Torrance California...

Mike Salisbury
@ The Art Directors Club

WED 3/5/97 6-8PM 250 PARK AVE SOUTH NY,NY 10003
RSVP: 212 674 0500 e-mail adcny@interport.net
members and student members free / non members $7

艺术指导者俱乐部

设计公司：Mike Salisbury 媒体公司
公司地址：加利福尼亚州，托兰斯
客户：艺术指导者俱乐部
客户地址：纽约州，纽约市
艺术指导：Mike Salisbury
设计者：Mary Evelyn McGough
插图者：Greg McClatchy
发行：当地发行

　　这份公益性质的、双色印刷的请帖被设计成自己邮寄的明信片形式，以降低印刷和邮寄的费用。

设计公司: *Vaughn / Wedeen Creative*
公司地址: *新墨西哥州,阿尔伯克基*
客户: *新墨西哥基金大学*
客户地址: *新墨西哥州,阿尔伯克基*
艺术指导: *Rick Vaughn*
设计者: *Rick Vaughn*
摄影者: *Michael O' Shaugnessy,*
Michael Barley
发行量: *20 份,全国发行*

这项公益性质的、有限幅面的工程全在创作室内进行。最后的产品用喷墨和激光打印机印制,并经手工整理和装订而成。

岛屿热运动

设计公司: *Vaughn / Wedeen Creative*

公司地址: *新墨西哥州,阿尔伯克基*

客户: *新墨西哥囊肿性纤维变性基金会*

客户地址: *新墨西哥州,阿尔伯克基*

艺术指导: *Rick Vaughn*

设计者: *Rick Vaughn*

发行量: *当地 600 份/全国 600 份*

这份公益性质的、有限幅面的项目应用了线性艺术、三色调色板、彩纸和丝网印刷技术,最终获得了这一效果精美且制作高效的解决方案。尽管它是印在现成的普通纸上,但同样的设计能很容易地转印到 T 恤衫上。

In the land of Hope there is never any
winter. —a Russian proverb

... the land of Hope

The Chemical team at
Cancer Care, Inc.'s first
Skate for Hope in
Central Park.

land of Hope there is never any
— a Russian proverb

Funding and Support

FOUNDATIONS

The foundation community generously support-
ed Cancer Care's wide range of programs and
services in 1995-96. The Llewellyn Burchell
Foundation, the J.E. and Z.B. Butler Foundation,
the Horace W. Goldsmith Foundation, the
Hagedorn Fund, and the Theodore Luce Fund
were among the many foundations renewing
support for general operating purposes. Others,
such as the Altman Foundation, the Rose M.
Badgeley Residuary Charitable Trust, the Samuel
Eckman Foundation, the Starr Foundation, and
the Marion Esser Kaufmann Foundation funded
specific programs. The New York Community
Trust continued its generous support of Cancer
Care's efforts to assist the City's medically
indigent.

CORPORATIONS

Charitable interest in Cancer Care's programs
and services was demonstrated by corporations
throughout the country. Special efforts such as
Pfizer's underwriting of the Cancer Care Web
site, the Bristol-Myers Squibb Company's
continued support of our toll-free Counseling
Line (1-800-813-HOPE), and funding of our
Melanoma Initiative from the Schering-Plough
Corporation have been instrumental to the suc-
cess of these programs.

SPECIAL FUNDS

Individuals often establish special funds at
Cancer Care in memory or in honor of loved
ones. Special funds provide lasting and invalu-
able support to the agency while keeping these
names in perpetuity. Special funds include the
Lonnie Blutstein Fund, the Bruce Cohen
Memorial Fund, the James P. Erdman Fund,
the Anita Friedman Goldrich-Esther Goldin
Friedman Memorial Fund, the Sylvia Greenspun
Memorial Endowment Fund, the Jack Kemach
Memorial Fund, the Pierre C.Y. Leroy Memorial
Fund, the Jean Miller Memorial Fund, the
Francesca Ronnie Primus Memorial Fund,
the Resnik Family Helping Children Cope Fund,
the Samuel Rosen Memorial Endowment Fund,
the Virginia Saladino Memorial Fund, the Rita
Schwartz Memorial Fund, the Robert Slobodien
Memorial Fund, the Beckie Tesser Memorial
Fund, the Elaine Wrobel Memorial Fund, and
the Helen Zelman Memorial Fund. For further
information, contact the Development Office at
(212) 221-3300, extension 214.

癌症关怀公司年度报告和广告小册子

设计公司：*Lieber Brewster* 设计室
公司地址：*纽约州，纽约市*
客户：*癌症关怀公司*
客户地址：*纽约州，纽约市*
艺术指导：*Anna Lieber*
设计者：*Anna Lieber*
发行量：*4000 份，全国发行*

　　该代理商的广告小册子与年度报告选用现成
的黑白照片以降低印刷成本。

Cancer Care, Inc.
1996 Annual Report

A Connection to Hope

Cancer Care, Inc.®

When you
don't know
where to turn,
Cancer Care
can help.

Providing emotional
support, information,
practical help, and
financial assistance
to people with cancer
and their families for
more than 50 years.

ARTS
FESTIVAL OF BOSTON '97

波士顿 1997 年艺术节的招贴画

设计公司: Misha 设计创作室
公司地址: 马萨诸塞州, 波士顿
客户: 千禧盛典公司
客户地址: 马萨诸塞州, 波士顿
艺术指导: Michael Lenn
设计者: Michael Lenn
插图者: Michael Lenn
发行量: 100 份, 区域发行

　　这张波士顿艺术节的招贴画按黑白图像设计, 以便能用于报纸广告中。设计者对每一张幅面有限的黑白招贴画都手工染色, 并用不同颜色的标记使每一张招贴画各不相同, 因而最后该招贴画被作为收藏品出售以创造额外的利润。

第十四届国际啤酒节

设计公司: *Canary 创作室*
公司地址: *加利福尼亚州, 奥克兰*
客户: *Telegraph Hill 联合护士学校*
客户地址: *加利福尼亚州, 圣弗朗西斯科*
艺术指导: *Carrie English, Ken Roberts*
设计者: *Carrie English*
发行量: *1000 张招贴画, 3000 张明信片; 当地发行*

由于把明信片和招贴画集成印刷在印刷纸上, 极大地降低了该宣传项目的安装和印刷费用。双 PMS 色印在精美的封面纸上, 既富于视觉感染力, 又降低了成本。

宣 传

　　有一句关于鞋匠的孩子没鞋穿的格言，如果将之应用到预算上，就是让设计者甚至是客户自己去做自我宣传。但在宣传项目中，计划与需求仿佛总是手牵手走在一起。T恤衫不必简单地设计成这样，随宣传项目的完结就扔掉；它还可以作为纪念品零售。标签可用于信封上或者用于送给客户的家酿葡萄酒的酒瓶上。螺旋丝装订的样品本很容易改装，受限的仅仅是人的想像力。这儿有许多近年来刚提出的独特的设计解决方案。在每一个例子中，设计者都曾经从所有的停顿处（甚至是由于一些橡皮图章或茶叶袋）出发了，终于以有限的预算，创造出了印象深刻的作品。

芝加哥毕加索与芝加哥水塔衬衫

设计公司：*Jim Lange* 设计室
公司地址：*伊利诺伊州，芝加哥*
客户：*Jim Lange* 设计室
客户地址：*伊利诺伊州，芝加哥*
艺术指导：*Jim Lange*
设计者：*Jim Lange*
插图者：*Jim Lange*
发行量：*250 份，当地发行*

　　这些自我宣传的 T 恤衫被设计来显示设计者的特有风格。通过利用当地的主题，把一部分 T 恤衫拿到当地的零售商店去销售，还可以补偿部分生产成本并可提高 T 恤衫上广告的宣传力量。那些零售商店为了迎合不断增长的芝加哥旅游业和传统的商品交易也乐于销售这种有特色的东西。

AIA SHOW 展厅

设计公司：*Lorenc 设计室*

公司地址：*佐治亚州，亚特兰大*

客户：*Lorenc 设计室*

客户地址：*佐治亚州，亚特兰大*

艺术指导：*Jan Lorenc*

设计者：*Rory Myers*

插图者：*Rory Myers, Jan Lorenc*

摄影者：*Jan Lorenc*

发行：*区域发行*

用于 AIA Show 展览的架子是用过的胶合板做成的，外面覆盖泡沫材料和彩色印刷品，创造出了颇具效果的展览蒙太奇效应。订制的附件均由容易得到的东西制成。整个作品包括劳务和材料在内才花 500 美元。

好运鸡

设计公司:*月狗创作公司*
公司地址:*加拿大,温哥华*
客户:*月狗创作公司*
客户地址:*加拿大州,温哥华*
艺术指导:*Odette Hidalgo, Derek von Essen*
设计者:*Odette Hidalgo, Derek von Essen*
发行量:*300 份,全国发行*

　　设计者需要一个多用途的图像来做圣诞节的宣传作品。该双色的粘胶贴可贴在任何东西上,无论是寄出的邮件,还是送给朋友与客户的手工制作的圣诞卡和家酿葡萄酒酒瓶上(据设计者称,所有收到该好运鸡的人都获得了好运。)。

小窍门

DIY 意味着金钱。如果你能够带上你的相机,随时把你所需物品的图像拍摄下来,而不用把它从商店里买出来。如果照片有用,那你的时间与胶卷就太值了。那将是对客户更省钱,对你更有利可图的好事。如果照片不行,你依然可回到商店再买回来,你多付出的仅仅是胶卷的钱。

JOHN SAYLES 标志集

设计公司:*Sayles 图像设计室*

公司地址:*艾奥瓦州,得梅因*

客户:*Sayles 图像设计室*

公司地址:*艾奥瓦州,得梅因*

艺术指导:*John Sayles*

设计者:*John Sayles*

插图者:*John Sayles*

发行量:*250 份,全球发行*

设计创作室设计代表公司特征的宣传品紧紧围绕公司的标志进行,它由单 PMS 色印刷,O 形线圈装订。一颗金星粘贴在封面上,更增添了意想不到的效果。

JOHN SAYLES 用 CURTIS 纸的
10 个理由

设计公司：*Sayles 图像设计室*
公司地址：*艾奥瓦州，得梅因*
客户：*Sayles 图像设计室*
客户地址：*艾奥瓦州，得梅因*
艺术指导：*John Sayles*
设计者：*John Sayles*
插图者：*John Sayles*
发行量：*1000 份，区域发行*

　　招贴画和请帖用的封面纸由一家纸
品公司提供，极大地降低了整个生产的
成本。因为作品的主题就是这家经营特
殊纸品的公司，作品发表后的价值是显
而易见的。为了进一步节约，白色的和红
色的油墨用丝网印到招贴画上。该包装
令人惊奇的地方还在于请帖的封面能被
卷成一个锥形。

GIZMO 的自我宣传

设计公司：*Vaughn / Wedeen Creative*
公司地址：*新墨西哥州, 阿尔伯克基*
客户：*Vaughn / Wedeen Creative*
客户地址：*新墨西哥州, 阿尔伯克基*
艺术指导：*Rick Vaughn*
设计者：*Rick Vaughn*
插图者：*Rick Vaughn*
摄影者：*Michael Barley*
发行量：*300 份, 全国发行*

廉价的小装饰品、普通的罐头盒与喷墨印刷的标签在店内被组装成这一个富有生气的自我宣传作品。

In the right hands, design and marketing can be quite powerful. One brochure can spark product sales. One ad can ignite an industry.

As your marketing needs spread, we'll be ready. Fully equipped to assure projects are under control, on course and out on time. We welcome projects fast and furious, on the horizon, or on the back burner.

Canary Studios.

Striking Ideas.

CANARY 创作室的活动

设计公司：*Canary 创作室*
公司地址：*加利福尼亚州,奥克兰*
客户：*Canary 创作室*
客户地址：*加利福尼亚州,奥克兰*
艺术指导：*Carrie English, Ken Roberts*
设计者：*Ken Roberts, Carrie English*
插图者：*Carrie English*

发行量：*2000 份,当地发行*

　　廉价的小装饰品,如一册小书、一个鸡尾酒搅拌器和一副真彩色的文身图案,全装在一个满满的单色纸盒子里。这些小玩意儿能引起人们的好奇心。这个盒子由简单的模板制得。成型的盒子由自己邮出,因此所需的费用就只有折叠和封装的费用。

设计公司: *Vaughn / Wedeen Creative*
公司地址:*新墨西哥州,阿尔伯克基*
客户: *Vaughn / Wedeen Creative 和 Balboa*
旅行社
客户地址:*新墨西哥州,阿尔伯克基*
艺术指导: *Rick Vaughn*
设计者: *Rick Vaughn*
发行量:*25 份,全球发行*

这份自我宣传活动的所有分页都是在工作室的喷墨打印机上印刷的，然后用螺旋丝把所有的分页都组装起来，并加盖橡皮图章，就算完成了。

节日对你意味着什么?

设计公司: *Halapple 设计与媒体公司*
公司地址: *加利福尼亚州,曼哈顿海滩*
客户: *Halapple 设计与媒体公司*
客户地址: *加利福尼亚州,曼哈顿海滩*
艺术指导: *Hal Apple*
设计者: *Andrea Del Guerico*
摄影者: *Jason Hashmi*
发行量: *100 份,全国发行*

　　创作室的圣诞节礼物是以"我有一个梦想基金会"的名义而获得的捐赠。为了经济地生产这些节日贺卡,创作室人员亲自拍照,并且双面印刷的折叠式贺卡采用 Canon Fiery 纸在 Canon Fiery 打印机上印制完成。

THE APPLE REMEDY

At Hal Apple Design we believe a tranquil
mind and a moment of quiet reflection can go
a long way to help uncover creative solutions.
Sample our special blend of apples, herbs and
spices. As you sip this fragrant tea, imagine
your communications program, designed with
a purpose and ready when needed.

Consider Hal Apple Design.

Enjoy your tea. We'll call you in the morning.

310.318.3823
1112 Ocean Drive Suite 203, Manhattan Beach, CA 90266

HALAPPLE 茶叶袋

设计公司:*Halapple 设计与媒体公司*
公司地址:*加利福尼亚州,曼哈顿海滩*
客户:*Halapple 设计与媒体公司*
客户地址:*加利福尼亚州,曼哈顿海滩*
艺术指导:*Alan Otto, Jason Hashmi*
设计者:*Alan Otto, Jason Hashmi*
发行量:*1000 份,全国发行*

　　由于苹果(apple)与创作室的名称有密切的
关联,因此苹果这个主题就成为连接画面各部
分的纽带识。草签的协议要求该印刷在彩纸上
的单色宣传画上应有包装好的 apple – cinnamon
茶叶袋图像。

THE APPLE REMEDY

1112
Ocean
Drive
Suite 205
Manhattan
Beach
CA 90266

THE APPLE REMEDY

HALAPPLE 的商业卡和信头

设计公司：*Halapple 设计与媒体公司*
公司地址：*加利福尼亚州,曼哈顿海滩*
客户：*Halapple 设计与媒体公司*
客户地址：*加利福尼亚州,曼哈顿海滩*
艺术指导：*Hal Apple*
设计者：*Del Gurico, Hal Apple*
发行量：*5000 份,全球发行*

　　商业卡常常成为创作室最好的自我宣传形式，特别是当它经济的印刷成本与令人心动的设计方案达到平衡的时候。该卡选用法国 Dur－O－Tone 封面纸厂生产的 Primer Rust 和 Speck-letone Oatmeal 牌的双面纸并用单色印刷。节省的费用可以冲一个特殊的印模用于信头和商业卡上，该印模还是从以前的文具设计中回收的。

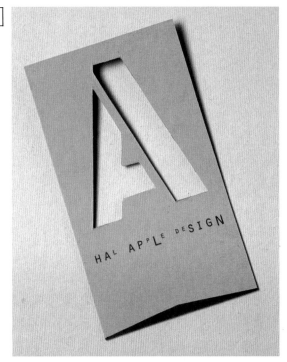

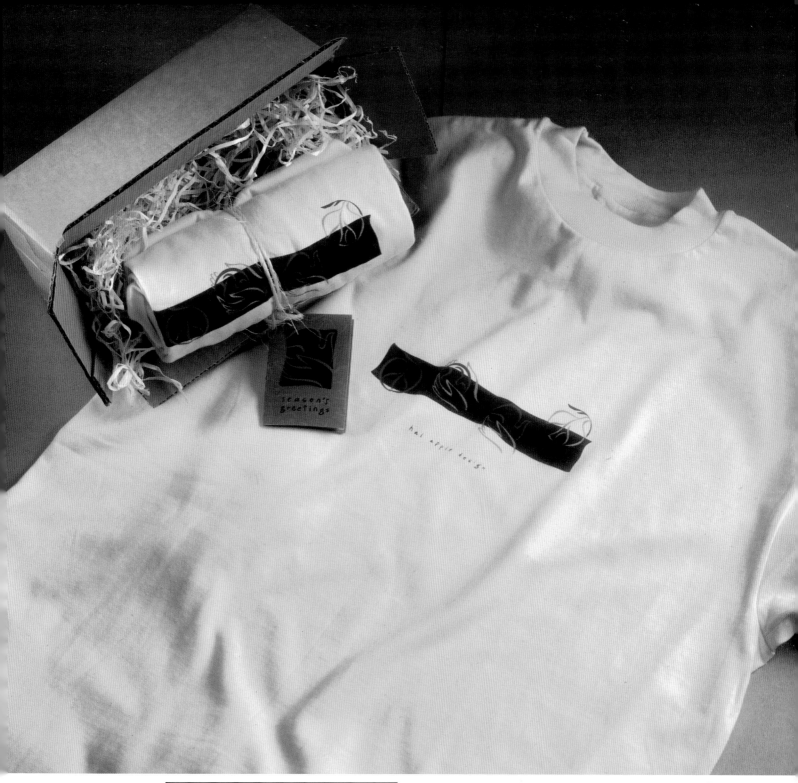

HALAPPLE 的 T 恤衫

设计公司: *Halapple 设计与媒体公司*
公司地址: *加利福尼亚州, 曼哈顿海滩*
客户: *Halapple 设计与媒体公司*
客户地址: *加利福尼亚州, 曼哈顿海滩*
艺术指导: *Hal Apple*
设计者: *Michael Rowley, Hal Apple, Jill Ruby*
发行量: *1000 份, 全国发行*

　　该自我宣传作品全部选用库存商品。一个填满
细刨花的库存瓦楞纸箱里装着一件订制的三色印刷
的 T 恤衫, T 恤衫用剑麻绳捆扎, 上面还吊一个小挂
签。整个包装均在创作室中组装完成。

HALAPPLE 的节日礼包

设计公司: *Halapple 设计与媒体公司*

公司地址: *加利福尼亚州,曼哈顿海滩*

客户: *Halapple 设计与媒体公司*

客户地址: *加利福尼亚州,曼哈顿海滩*

艺术指导: *Hal Apple*

设计者: *Alan Otto, Jason Hashmi, Hal Apple*

发行量: *500 份,全国发行*

　　剪贴画的运用和在彩色的 Cross Pointe Passport Gypsum 封面纸上的单色印刷大大地降低了该节日宣传品的成本。宣传品的校对和装订均在创作室中进行,装订采用一束彩色酒椰纤维把宣传品捆扎在一起。最后,每一份宣传品均用常备的特殊信封邮寄出去。

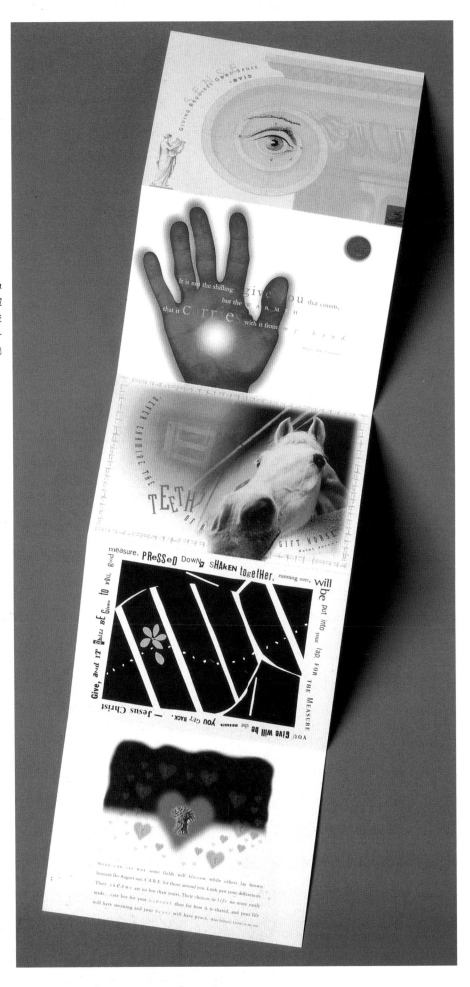

I

If it is truly better

to give than to receive,

the best gift would be one

that could be given to others.

That thought

inspired

the enclosed gift from

HAL APPLE DESIGN

大卫布朗集成设计咨询公司标识

设计公司:*大卫布朗集成设计咨询公司*
公司地址:*加拿大,多伦多*
客户:*大卫布朗集成设计咨询公司*
客户地址:*加拿大,多伦多*
艺术指导:*David Brown*
设计者:*David Brown*
发行量:*1000 份,全国发行*

　　该标识项目的成功几乎全部依赖于技术。单色的商业卡的圆角用一个库存的压模制作。为了保持用 600 – dpi 的激光打印机打印信头、广告小册子和商业表格,就需要把包含有公司标志的单色预印框预先印上。

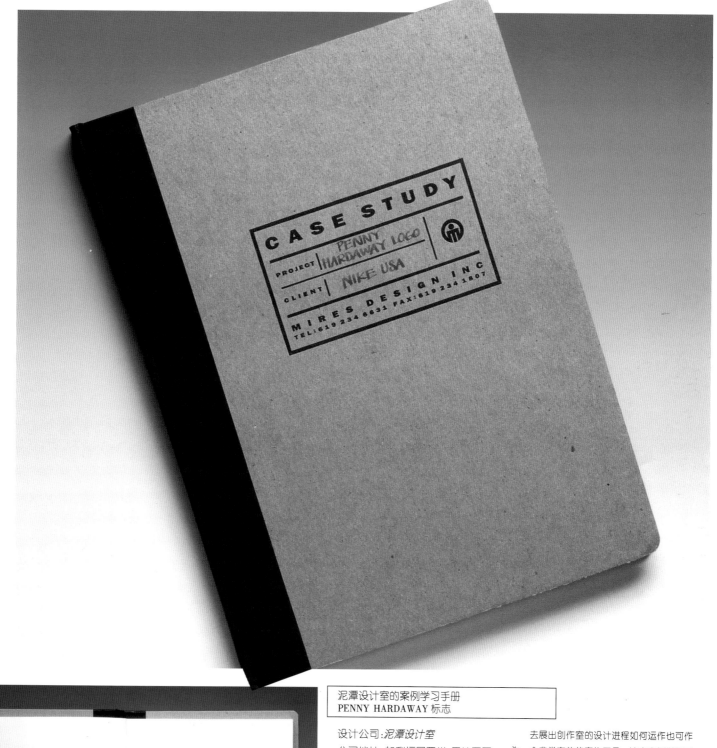

泥潭设计室的案例学习手册
PENNY HARDAWAY 标志

设计公司:泥潭设计室
公司地址:加利福尼亚州,圣地亚哥
客户:泥潭设计室
客户地址:加利福尼亚州,圣地亚哥
艺术指导:José A. Serrano
设计者:José A. Serrano, Jeff Samaripa
发行量:100 份,全国发行

去展出创作室的设计进程如何运作也可作为一个非常有效的宣传工具,这本案例学习手册就一步步地展示了整个项目进程中所经历的经验、心得与概念。 除了最后一个标志是彩色的外,每一页都用黑白的照片复制。整理好的书页用精制牛皮纸和加热胶封制成三卷册硬皮本。除前面封面上一个供填空的框外,所有的印刷和装订工作均在创作室中完成。

思 考

设计公司: *Stewart Monderer* 设计公司
公司地址: 马萨诸塞州, 波士顿
客户: *Stewart Monderer* 设计公司
客户地址: 马萨诸塞州, 波士顿
艺术指导: *Stewart Monderer*
设计者: *Aime Lecusay*
摄影者: *Keller & Keller*
发行量: *1500* 份, 当地发行

　　五个方块的格式分别被选作一系列刺激思考的词的载体。图片全用三色 PMS 印刷。惟一的装订工作就是需要把五个方块折叠在一起。在创作室的后面, 卡片用激光打印的牛皮薄衬纸包装在一起。整个宣传品在创作室里手工折叠, 再用胶水贴上用银色油墨盖章的标志就算装订完成了。

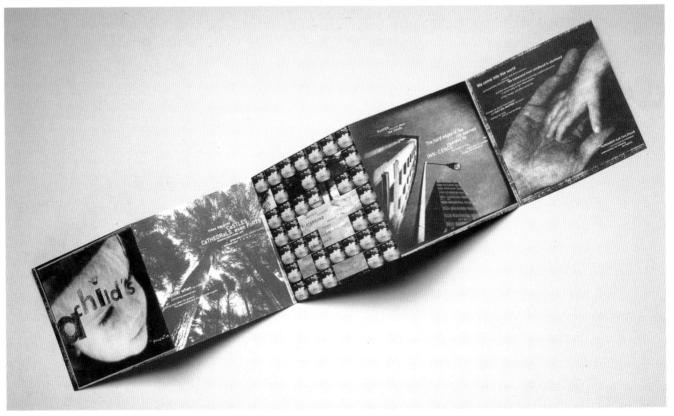

Now available
whenever
you log on:
Mires Design.

We've been doing it since 1983.
(Some say we've gotten pretty good.)

www.miresdesign.com

Scott Mires, to be exact.
He's the founder of our company.
If you like what you see, e-mail
him from our online portfolio.
Or simply call: 619-234-6631.

As in communications,
created to build brands,
drive sales and, yes,
even promote the
occasional web site.

泥潭设计室的网络明信片

设计公司:*泥潭设计室*
公司地址:*加利福尼亚州,圣地亚哥*
客户:*泥潭设计室*
客户地址:*加利福尼亚州,圣地亚哥*
艺术指导:*John Ball*
设计者:*John Ball, Gale Stitzley*
发行量:*1500 份,全国发行*

　　这份醒目的、简单的双色大幅面明信
片是为了改善创作室网站的拥塞状况而设
计的。邮寄方便和富有震撼力的效果,使该
宣传品比生产和发行广告小册子、招贴画
或者传统的信件要便宜得多。

祝愿节日的心情一年都伴随着你

设计公司：*Lambert* 设计室
公司地址：*得克萨斯州，达拉斯*
客户：*Lambert* 设计室
客户地址：*得克萨斯州，达拉斯*
艺术指导：*Christie Lambert*
设计者：*Joy Cathy Price*
发行量：*100 份，区域发行*

　　这份想像力丰富的节日宣传品创作和装订均在创作室中完成。包装上的九个标签是用粘性标签纸在 Indigo 印刷机上印刷，然后在切纸机上裁开。双面纸的切割和折叠全用手工。卡上标签的保护带也是用手工切开并用胶水粘上的。

ON
THE
SHIMMERING
PATH
OF A
SHOOTING

star

GLOWING

expertise

JULY

在通往明亮的星星的光辉之路

设计公司：*Grafik* 媒体有限公司
公司地址：*弗吉尼亚州，亚历山德里亚*
客户：*Becker* 集团
客户地址：*马里兰州，巴尔的摩*
设计者：*Gretchen East, Judy Kirpich*
发行量：*2000* 份，全国发行

　　该作品的封面和封底均选用 Wassau Celebration 纸，印刷用在纸张的本色基础上的四种色彩印刷，二者目的都是为了控制成本。四色的内页选用日历纸。最后用 O 形线圈把各页装订在一起。

TURKEY TROT（火鸡舞）田径参赛者 T 恤衫

设计公司：*Jim Lange 设计室*
公司地址：*伊利诺伊州,芝加哥*
客户：*Capri 公司*
客户地址：*伊利诺伊州,芝加哥*
艺术指导：*Jan Caille*
设计者：*Jim Lange*
插图者：*Jim Lange*

发行量：*1500 份,当地发行*

　　该宣传 T 恤衫的生产成本由于把两个赞助商的标志图像运用到画面上而得到降低。而且每一个公司还额外购买一批衬衫来作为他们自己的宣传材料用,这又增加了整个项目的价值。

ARTISAN T 恤衫

设计公司: *Jim Lange* 设计室
公司地址: *伊利诺伊州,芝加哥*
客户: *Artisan 公司*
客户地址: *伊利诺伊州,芝加哥*
艺术指导: *Ben Douraghy*
设计者: *Jim Lange*
插图者: *Jim Lange*

发行量:*500 份,区域发行*

　　用 T 恤衫作宣传品这一古老的方法能够降低生产成本。该作品没有直接把四色的原创艺术画印在 T 恤衫上,而是对每一层色彩均采用黑白机械分色后进行套印。